JN096145

# 現代女性詩人論

中村稔

*Nakamura Minoru*

青土社

# 現代女性詩人論

目次

# 現代女性詩人論

石垣りん

## 1

石垣りんは、その傑作「シジミ」や「表札」により、日常的な瑣末に潜む真相を抉りだした詩人であり、およそ観念的でなく、つねに具体的に、事物を捉える名手と考えられがちである。しかし、一九二〇年生まれの石垣りんは、まぎれもなく、戦争、戦後を体験し、その体験にもとづき、詩作した詩人であった。戦後詩を書いて数々の後世に残る作品を遺した女性詩人の第一人者であった。

彼女の第一詩集『私の前にある鍋とお釜と燃える火と』は、その題名から、台所に縛り付けられた女性が書いた詩集と誤解されるかもしれない。I部からV部までの五部に分類されて収録されている詩の中から、まずI部冒頭の「原子童話」を読む。

戦闘開始

二つの国から飛び立った飛行機は
同時刻に敵国上へ原子爆弾を落しました
二つの国は壊滅しました

生き残った者は世界中に
二機の乗組員だけになりました

彼らがどんなにかなしく
またむつまじく暮したか――

それは、ひょっとすると
新しい神話になるかも知れません。

これは明らかに原子爆弾反対、禁止の呼びかけである。石垣りんが戦後詩の詩人の一人であることを示しているが、このアイロニカルでありながら、哀愁あふれる表現こそが、多くの凡庸な詩人や原爆禁止運動家の発言とは異なる、彼女の天性であり、独自の個性であった。

次に詩集の表題作「私の前にある鍋とお釜と燃える火と」を読む。かなり長い詩だが、やはり全文を読んでいただきたい。

それはながい間
私たち女のまえに
いつも置かれてあったもの、

自分の力にかなう
ほどよい大きさの鍋や
お米がぷつぷつとふくらんで
光り出すに都合のいい釜や
劫初からうけつがれた火のほてりの前には
母や、祖母や、またその母たちがいつも居た。

その人たちは
どれほどの愛や誠実の分量を
これらの器物にそそぎ入れたことだろう、
ある時はそれが赤いにんじんだったり
くろい昆布だったり
たたきつぶされた魚だったり

台所では
いつも正確に朝昼晩への用意がなされ
用意のまえにはいつも幾たりかの
あたたかい膝や手が並んでいた。

ああその並ぶべきいくたりかの人がなくて
どうして女がいそいそと炊事など
繰り返せたろう?
それはたゆみないいつくしみ
無意識なまでに日常化した奉仕の姿。

炊事が奇しくも分けられた
女の役目であったのは
不幸なこととは思われない、
そのために知識や、世間での地位が
たちおくれたとしても
おそくはない
私たちの前にあるものは
鍋とお釜と、燃える火と

それらなつかしい器物の前で
お芋や、肉を料理するように
深い思いをこめて
政治や経済や文学も勉強しよう、

それはおごりや栄達のためでなく
全部が
人間のために供せられるように
全部が愛情の対象あって励むように。

石垣りんは、炊事は男女が均等に負担すべき家事であり、夫も妻と同じく、炊事の労力を分担すべきだとは主張していない。炊事が女性の役目であったことを「不幸なこととは思われない」という。現在からみれば、ずいぶん男性に寛容すぎるほど寛容な女性であった。しかし、深い思いをこめて政治、経済、文学などを勉強しようという確固たる決意を持っていた。当時でもはるかに進歩的な女性は多かったはずである。私には、石垣りんは、炊事は女性の大事な仕事であり、守るべきことは人間としての尊厳である、と考えていたように思われる。
私がこの詩集の中でもっとも心をうたれた詩「貧乏」を以下に引用したい。

私がぐちをこぼすと
「がまんしておくれ
じきに私は片づくから」と
父はいうのだ
まるで一寸した用事のように。

それはなぐさめではない
脅迫だ　と
私はおこるのだが、

去年祖父が死んで
残ったものはたたみ一畳の広さ、
それがこの狭い家に非常に有効だった。

私は泣きながら葬列に加わったが
親類や縁者
「肩の荷が軽くなったろう」
と、なぐさめてくれた、
それが、誰よりも私を愛した祖父への
はなむけであった。

そして一年
こんどは同じ半身不随の父が
病気の義母と枕を並べ

もういくらでもないからしんぼうしてくれ
と私にたのむ、

このやりきれない記憶が
生きている父にとってかわる日がきたら
もう逃げられまい
私はこの思い出の中から。

これは悲しく辛い詩である。しかし、高貴な心の歎きである。みとっていた祖父の死は肩の荷をおろすこととは比較にもならないし、半身不随であっても、父の死は父が片づくことではない。人間としての尊厳性を損なう、こうした言葉に石垣りんは傷ついている。これはまた、生へのいとおしみと言いかえてもよい。それが原子爆弾投下への憎悪、原爆反対、原爆禁止、といった心情につながるのである。

## 2

石垣りんの第二詩集『表札など』は一九六八年に刊行された。この詩集は女性戦後詩人の金字塔ともいうべき詩集である。
ひろく知られた作と思われるが、「シジミ」をまず読む。

夜中に目をさました。
ゆうべ買ったシジミたちが
台所のすみで
口をあけて生きていた。

「夜が明けたら
ドレモコレモ
ミンナクッテヤル」

鬼ババの笑いを
私は笑った。
それから先は
うっすら口をあけて
寝るよりほかに私の夜はなかった。

この諧謔にあふれた詩には、シジミの生に対するいとおしみがある。自分を「鬼ババ」と考えなければシジミを食べることができない哀しみがある。これもアイロニカルな表現を活かした名作である。

次にやはりひろく知られていると思われる、詩集の表題を採られた「表札」を読む。

自分の住むところには
自分の表札を出すにかぎる。

自分の寝泊りする場所に
他人がかけてくれる表札は
いつもろくなことはない。

病院へ入院したら
病室の名札には石垣りん様と
様が付いた。

旅館に泊っても
部屋の外に名前は出ないが
やがて焼場の鑵(かま)にはいると
とじた扉の上に
石垣りん殿と札が下がるだろう
そのとき私がこばめるか？
様も

殿も
付いてはいけない、
自分の住む所には
自分の手で表札をかけるに限る。
精神の在り場所も
ハタから表札をかけられてはならない
石垣りん
それでよい。

これは機知に富んだ詩である。ただ、それだけではない。私の知るかぎり、彼女は結婚することなく生涯を過ごしたので、その死を迎えたときも、みとってくれる親族を期待できなかったろう。焼場で彼女の棺が入った後、扉に「石垣りん殿」という札が掲げられるときも、彼女は孤独だったにちがいない。そういう寂寥に耐えて、こういう詩をさりげなく書いているから、私たちは彼女の作品を忘れないのである。

私には次に示す「花」もふかく心に沁みる作品であると思われる。

夜ふけ、ふと目をさました。

私の部屋の片隅で
大輪の菊たちが起きている
明日にはもう衰えを見せる
この満開の美しさから出発しなければならない
遠い旅立ちを前にして
どうしても眠るわけには行かない花たちが
みんなで支度をしていたのだ。

ひそかなそのにぎわいに。

ここには、ヒトの生のいとおしさに向けられているのと同じ眼差しが満開の菊の花に注がれている。美しく、豪奢な満開の菊の衰えへの旅立ちに向けられる眼差しのやさしさ、いとおしさが私たちの感慨を誘う作である。

もう一篇だけ石垣りんの詩を読んでおきたい。これも『表札など』所収の作、「貧しい町」である。

一日働いて帰ってくる、
家の近くのお惣菜屋の店先きは
客もとだえて

売れ残りのてんぷらなどが
棚の上に　まばらに残っている。

そのように
私の手もとにも
自分の時間、が少しばかり
残されている。
疲れた　元気のない時間、
熱のさめたてんぷらのような時間。

お惣菜屋の家族は
今日も店の売れ残りで
夕食の膳をかこむ。
私もくたぶれた時間を食べて
自分の糧にする。

それにしても
私の売り渡した
一日のうち最も良い部分、

生きのいい時間、
それらを買って行った昼間の客は
今頃どうしているだろう。
　町はすっかり夜である。

　私たちは私たちの労働を売り渡して賃金を受け取り、日々の糧を得る。売れ残った自分の時間をどう過ごすか。一日の終わりに私たちの感じる侘しさ、空しさ、やるせなさを、見事に描いた作品である。お惣菜屋さんの売れ残り、の譬喩（ひゆ）が巧みである。
　高度成長期以降のわが国で育った世代の人々にはこうした貧しさの感覚は理解しにくいかもしれない。あらためて、石垣りんは戦後派の詩人に属するのだという感をふかくする。しかし、彼女の作品は、かりに今の若い読者に共感しにくいいくつかがあっても、長く読み継がれていくにちがいないと私は信じている。

3

　石垣りんが傑出した詩人であることは疑いないが、石垣りんの世界が、かなりに限られている、狭い生活圏の所産であることも指摘しなければ、石垣りんという詩人の全体像を見失うことになるであろう。そこで、「愚息の国」を引用したい。『表札など』に収められている作品である。

あなたはどなたでいらっしゃいますか。

ロケットが、もう月の世界にとどいている
一九六〇年の一月一日
新聞をひらけば
我が子を「日の御子」と呼んで
その結婚をことほぐあなたの歌がのせられている。

元来つつしみ深い日本の庶民たちは
賢い子供も愚息と呼び
トン児などと言い捨ててきた。

正月気分で街に出れば
年令はこの国の皇太子がらみ
丈高く面影うつくしい若者がいて
片手に大きなプラカードを持ち
さあいらっしゃい、遊んでらっしゃい
おたのしみはこちら。

指さす戸口にはパチンコ屋の騒音が
チンチンじゃらじゃらとあふれでている。
これはどなたの御子、か。

晴着を持たないひとりの女が外から帰り
すり切れた畳の部屋で
「ついこの間
一杯の塩もない新年があった」
と呟きながら
餅焼網で餅を焼けば
白い餅よりたしかな手ざわりで
喜びはかなしみに
愛はいかりに　裏返され。

しかも家族はめでたくて
地続きに住む雲上人の御慶事に
目を輝かせているばかり。

日、とは抽象。

御子、は尊称。

そこぬけに善意の御方とうかがえば
善とは何でありましょう。

あなたはどなたでいらっしゃいますか。

この作は昭和天皇の同年の御歌

あなうれし神のみ前に日の御子のいもせの契り結ぶこの朝
日の御子の契り祝ひて人々のよろこぶさまをテレビにて見る

をうけた詩であるが、石垣りんほどの日常の瑣事をうたえば比類ない才能を示した詩人も、皇太子のご成婚というような政治的、社会的事件を取り扱うと、これほど粗末な作品しか書くことができないのか、という感慨を覚えさせる作品である。いったい昭和天皇はその敗戦後の一九四六年の一月一日、ふつう人間宣言といわれる神格否定の詔書を公表した。たしかに昭和天皇自身もまさか自分が神であるとは考えてはいなかったが、内心では神の子孫であると信じていた、と言われている。日の御子という表現もそうした思想に由来するものであり、日の御子とは神の末裔という意味でここに用いられていることは間違いあるまい。このような思想ないし発想に反発を感じるのは石垣りんに限らない。

多くの庶民がもっと醒めた眼で皇太子を見ていたであろうし、反面、皇太子妃として婚約なさった正田美智子さんを祝福して、世上、ミッチーブームといわれたような現象が生じたことも事実である。この詩が失敗作である所以は、「日の御子」とは何か、皇太子は人間ではないというのか、これは人間宣言に矛盾するのではないか、ということを指摘すべきだったことにあるのではないか。「日は抽象、御子は尊称」というだけでは問題を掘り下げていない。ここで対比されるのは、パチンコ屋のプラカードを持つ青年、餅を焼く娘、天皇家の慶事をことほぐ家族、であって、天皇制の本質にかかわる問題に迫っていない。たとえば、対比されるのは一人の労働者であってもよい。彼にとって天皇制がどういう意味をもっているか、追及してもよかったかもしれない。昭和天皇は善意の人であった、といわれる。この善意とは何か、石垣りんは問いかけているが、解答を見出していない。いずれにしても、このような政治的、社会的問題を批判的に詩に書くことは至難である。あえて、このような問題に挑戦したことに石垣りんの人間性の高潔さを見るべきかもしれないが、この作品に彼女の世界の限界を見ざるを得ない。

最後にもう一篇、彼女の身辺の瑣末にかかわらない作品を挙げる。これは「愚息の国」ほどの失敗作ではない。あるいは佳作というべきかもしれない。しかし、作者が何を訴えたいのか、分からないという意味で、これも彼女の領域の外の作品と思われる。『表札など』所収の「崖」である。

戦争の終り、
サイパン島の崖の上から
次々に身を投げた女たち。

美徳やら義理やら体裁やら
何やら。
火だの男だのに追いつめられて。

とばなければならないからとびこんだ。
ゆき場のないゆき場所。
（崖はいつも女をまっさかさまにする）

それがねえ
まだ一人も海にとどかないのだ。
十五年もたつというのに
どうしたんだろう。
あの、
女。

この作品は最終連で何を示唆しているか、私には理解できない。あるいは、サイパンの崖から身を投げた彼女たちの死にもかかわらず、その死はいかなる意味も持たなかった、と歎いているのであろうか。この最終連の分からないことはこの詩の致命的な欠点のように思われるが、あるいはこの六行の多義性により、詩で訴えるものがふかいものとなっていると考える余地もあるかもしれない。それにしても末行の「女」は「女たち」ではなかろうか。

茨木のり子

1

茨木のり子が一九五五年に刊行した第一詩集『対話』に「根府川の海」と題する詩がある。彼女の最初期の代表作と思われるので、次に引用する。

根府川
東海道の小駅
赤いカンナの咲いている駅

たっぷり栄養のある
大きな花の向うに
いつもまっさおな海がひろがっていた

中尉との恋の話をきかされながら
友と二人ここを通ったことがあった

あふれるような青春を

リュックにつめこみ
動員令をポケットに
ゆられていったこともある

燃えさかる東京をあとに
ネーブルの花の白かったふるさとへ
たどりつくときも
あなたは在った

丈高いカンナの花よ
おだやかな相模の海よ

沖に光る波のひとひら
ああそんなかがやきに似た
十代の歳月
風船のように消えた
無知で純粋で徒労だった歳月
うしなわれたたった一つの海賊箱

ほっそりと
蒼く
国をだきしめて
眉をあげていた
菜ッパ服時代の小さいあたしを
根府川の海よ
忘れはしないだろう？

女の年輪をましながら
ふたたび私は通過する
あれから八年
ひたすらに不敵なこころを育て

海よ

あなたのように
あらぬ方を眺めながら……。

茨木のり子は一九二六年生まれだから戦争期に学徒動員で強制労働に従事した体験があるはずであ

る。彼女が一〇代の終わりころだったにちがいない。彼女は「無知で純粋で徒労だった歳月」とその時代を回想している。それ故、この詩は戦争のさなかに根府川を通り、青く輝く相模湾を眺めたことを思い出している、失われた青春への哀惜の詩なのだが、読後感は哀惜の悲しみよりも明るい未来を感じさせる。カンナの赤、海の青に象徴されるようにイメージがくっきりとして、じめじめしていない。いわば向日性なのである。いうまでもなく、作者は過去をふりかえって歎き、悔いをかみしめるよりも、その後の八年間に育ててきた「不敵なこころ」を大事にし、「あらぬ方」という未知の未来に賭けている。最終連の二行の「あなた」は相模湾の海としか解しようがない。海が「あらぬ方を眺め」ている、という表現には無理があるように感じられるが、この詩では海と自分を一体化しているのだと解すれば、感覚的にはむしろ巧みな結びと評価できるだろう。

同じ詩集の中に「もっと強く」と題された詩も収められている。以下のとおりである。

もっと強く願っていいのだ
わたしたちは明石の鯛がたべたいと

もっと強く願っていいのだ
わたしたちは幾種類ものジャムが
いつも食卓にあるようにと

もっと強く願っていいのだ

わたしたちは朝日の射すあかるい台所が
ほしいと

すりきれた靴はあっさりとすて
キュッと鳴る新しい靴の感触を
もっとしばしば味わいたいと

秋　旅に出たひとがあれば
ウィンクで送ってやればいいのだ

なぜだろう
萎縮することが生活なのだと
おもいこんでしまった村と町
家々のひさしは上目づかいのまぶた

おーい　小さな時計屋さん
猫背をのばし　あなたは叫んでいいのだ
今年もついに土用の鰻と会わなかったと

おーい　小さな釣道具屋さん
あなたは叫んでいいのだ
俺はまだ伊勢の海もみていないと

女がほしければ奪うのもいいのだ
男がほしければ奪うのもいいのだ

ああ　わたしたちが
もっともっと貪婪にならないかぎり
なにごとも始まりはしないのだ。

この詩に反発を覚える読者は少なくないだろう。たとえば、私には明石の鯛などどうでもいいし、土用の鰻を食べたいとは思わない。まして女がほしければ奪えばいい、男がほしければ奪えばいい、とは私は考えない。だが、これらは成就したいと考える欲望が、この詩で茨木のり子のいうところと私とが違っているというだけのことである。私たちは欲望をもっと強く表明すべきだ、と作者は言っているのであり、その実現のために、ただ叫べばいいということにはならない。だから、これは詩人の夢想にすぎないと切り捨てることは容易である。作者は自立した自由な生活を実現するためにもっと素直に欲望を表明しよう、と言っているのだと私は考える。いかに生きるか、が茨木のり子にとって生涯の課題であった。それは「根府川の海」で語っていた「不敵なこころ」と同じ志のように思われる。

## 2

茨木のり子が一九五八年に刊行した第二詩集『見えない配達夫』はその冒頭に二部からなる表題作を収めている。その第Ⅱ部も貧しいものではないが、第Ⅰ部を次に紹介する。

三月　桃の花はひらき
五月　藤の花々はいっせいに乱れ
九月　葡萄の棚に葡萄は重く
十一月　青い蜜柑は熟れはじめる

地の下には少しまぬけな配達夫がいて
帽子をあみだにペダルをふんでいるのだろう
かれらは伝える　根から根へ
逝きやすい季節のこころを

世界中の桃の木に　世界中のレモンの木に
すべての植物たちのもとに

どっさりの手紙　どっさりの指令
かれらもまごつく　とりわけ春と秋には

えんどうの花の咲くときや
どんぐりの実の落ちるときが
北と南で少しずつずれたりするのも
きっとそのせいにちがいない

秋のしだいに深まってゆく朝
いちぢくをもいでいると
古参の配達夫に叱られている
へまなアルバイト達の気配があった

奇抜な発想と確実な具象性に茨木のり子の詩人としての手腕が鮮やかである。それに植物たちへの作者の目配りが行き届いていることも、この作品を愉しく読ませる所以である。このような肩肘はらない作品に作者の敏感で微妙な感性がみなぎっている。それが、この詩の読後感を快いものにしているようである。

同じように肩肘はった詩ではないが、私の好きな詩を次に挙げることにする。「六月」という短い詩である。

どこかに美しい村はないか
一日の仕事の終りには一杯の黒麦酒(ビール)
鍬(くわ)を立てかけ　籠を置き
男も女も大きなジョッキをかたむける

どこかに美しい街はないか
食べられる実をつけた街路樹が
どこまでも続き　すみれいろした夕暮は
若者のやさしいさざめきで満ち満ちる

どこかに美しい人と人との力はないか
同じ時代をともに生きる
したしさとおかしさとそうして怒りが
鋭い力となって　たちあらわれる

誰もが「美しい村」を夢みることはあるだろう。その夢は必ずしも茨木のり子が夢みた村とは似ていないだろう。私自身についていえば、私はアルコール飲料をほとんど嗜まないから、一日の終りに一杯の黒麦酒を傾けたいとは思わない。そういう意味で私が夢みるとすれば、私の美しい村は茨木のり子の描いた美しい村とはずいぶん違っているだろう。しかし、この詩は理想の村があるとすれば、それはどんな村か、という夢想に読者を誘う契機を与えるだろう。ただ、この詩におけるもっとも肝心なことは「美しい村」を成り立たせるのは人と人との関係だと説いていることである。美しい人と人との力は「したしさとおかしさと怒り」から生まれる、と彼女はいう。親しさとは互いに心が通い合うことである。おかしさは諧謔である。自分を省み、他人と交際するさいの心の余裕から生まれるのが諧謔である。そして、怒りとはたぶん正義に反する行為に対する怒りであり、抗議である。正義をどう定義するにせよ、秩序を保つためには怒りも必須なのである。この最終連に作者がこの詩で真に訴えたいことが記されているのである。ただ、何に「怒り」を覚えるべきか、たぶん正義に反する行為への怒りであろう、と書いたが、何が正義かも問題である。この作品の弱さは、どのようにして「美しい村」を実現させるか、について具体性を欠いていることにあるのではないか。茨木のり子は理想社会を実現したいという夢想を語っているにすぎないという批判があり得るであろう。そうした欠点にもかかわらず、この夢想を美しく描いたことにこの詩の魅力がある。

ここで茨木のり子の代表作として知られる「わたしが一番きれいだったとき」を読まなければなるまい。

わたしが一番きれいだったとき
街々はがらがら崩れていって
とんでもないところから
青空なんかが見えたりした

わたしが一番きれいだったとき
まわりの人達が沢山死んだ
工場で　海で　名もない島で
わたしはおしゃれのきっかけを落してしまった

わたしが一番きれいだったとき
だれもやさしい贈物を捧げてはくれなかった
男たちは挙手の礼しか知らなくて
きれいな眼差だけを残し皆発っていった

わたしが一番きれいだったとき
わたしの頭はからっぽで
わたしの心はかたくなで
手足ばかりが栗色に光った

わたしが一番きれいだったとき
わたしの国は戦争で負けた
そんな馬鹿なことってあるものか
ブラウスの腕をまくり卑屈な町をのし歩いた

わたしが一番きれいだったとき
ラジオからはジャズが溢れた
禁煙を破ったときのようにくらくらしながら
わたしは異国の甘い音楽をむさぼった

わたしが一番きれいだったとき
わたしはとてもふしあわせ
わたしはとてもとんちんかん
わたしはめっぽうさびしかった

だから決めた　できれば長生きすることに
年とってから凄く美しい絵を描いた
フランスのルオー爺さんのように
　　　　　　　　ね

この作品はおそらく茨木のり子が彼女の青春期を回想している作ではない。敗戦がほぼ確実になってから広島、長崎への原子爆弾投下によりわが国政府はポツダム宣言を受諾し、一九四五年八月一五日に終戦を迎えた。一九二六年生まれの茨木のり子は終戦当時一九歳だったはずである。したがって、この詩は彼女の一七、八歳ころから二〇歳ころまでの回想ということになる。これは彼女の同世代の女性の体験の典型を描いた作品として読まなくてはならない。私は茨木のり子がこの詩で回想されているほど愚かであったとは思わない。しかし、同世代の女性の典型として読めば、腑に落ちると言ってよい。そういう意味ではこの詩は戦後詩の代表作の一つと考える。

この作品で気になるのは題名である。きわめて印象的で訴求力の強い題にちがいない。「私が一番きれいだった」とは自分の生涯で最もきれいだったという意味だろうが、まさか周りの女性たちの中で自分が一番きれいだったという意味に誤解する読者はいないにしても、この詩を書いた当時、彼女はまだ二〇代半ばなのだから、戦争末期から終戦後の時期が一番きれいだったと決めつけるには早すぎるのである。女性が一番きれいになるのは、ふつうは女性が成人した二〇代半ば、彼女がまさにこの詩を書いたころから、三〇代初めであり、人によっては、四〇代、五〇代になって、辛い体験を経たり、高い教養やふかい学識を身につけて円熟し、ひどくきれいになり、典雅な魅力に満ちた女性を私はこれまで数多く見てきた。

それにしても、この詩は、東京大空襲をはじめとする全国の主要な諸都市への無差別空襲、広島、長崎の原子爆弾投下などにまったくふれておらず、空襲の被害者はもちろん、中国大陸や太平洋の諸島における悲惨な兵士、徴用されて無残な死を遂げた人々、ソ連に抑留されて餓死同然に死去した人々に対する、きわめて冷淡な態度が認められる。「わたしが一番きれいだったとき／まわりの人達が沢山死んだ／工場で　海で　名もない島で」というが、名もない島などないことはともかくとしても、これらの人々の無残な死は、茨城のり子には、たんに「おしゃれのきっかけを落してしまった」だけのことだったのか。また、「男たちは挙手の礼しか知らなくて」と何故いえるのか。「きれいな眼差だけを残し」ただけで、その後の彼らの運命は茨木のり子には関係のないことだったのか。まして、中国大陸その他での日本軍の侵略による犠牲者たちは茨木のり子にはどうでもよいことなのか。これらは私には不可解としか言いようがない。

そう言えば、前に引用した「根府川の海」に、「動員令をポケットに」という言葉があり、「菜ッパ服時代の小さいあたし」という言葉があるが、彼女は勤労動員によってどれほど辛い生活を送ったのか。その回想の方が、根府川の駅で友と「中尉との恋の話をきかされ」るより、よほど切実な体験だったはずだが、そのような体験を語らないのは何故か、それも不可解である。

同じ茨木のり子の第二詩集『見えない配達夫』に「くだものたち」と題する四行詩が六篇収められている。私は冒頭の二篇をすぐれた作品と考えている。冒頭の「杏」は次のとおりである。

信濃のあもりという村は　杏の産地
多くの絵描きがやってくる　私の心の画廊にも
小さな額縁がひとつ　その中で杏の花は
咲いたり　散ったり　実ったりする

まことに機知に富んだ、美しい作品である。第二作「葡萄」は次のとおりの作品である。

もぎたての葡萄は　手のなかで怯える
小鳥のよう　どの袋にも紫色のきらめきを湛え

少女の美しくも短い
ある期間のこころとからだのよう

後半の二行が抜群である。「手のなかで怯える／小鳥のよう」という第一、二行を受けるのにこれほどふさわしい譬喩はありえないのではないか。茨木のり子はじつに巧みな抒情詩の作者である。同じ詩集に収められている「せめて銀貨の三枚や四枚」は次のとおりの作品である。

言葉をもたない
やさしいものたち
がらくたの中で
光っているものたち
私に使われたがって
ウインクする壺や
頸をのばす匙や
ふてくされている樫の木の椅子
いろいろな合図を受けとると
私は落ちつかなくなる
文なしの時は
見捨ててゆかなくちゃならないのだから

せめて
銀貨の三枚や四枚
いつもちゃらちゃらさせていよう
安くて　美しいものたちとの
ささやかな邂逅を逃さないために

これも機知に富んだ作品だが、身の回りに存在する物たちへの愛情がひしひしと伝わってくる作品である。思いつき以上に読者に訴え、感慨を誘うものをもった詩である。ただ、この世に銀貨というものが流通していないのだから、作者はどうするのか、余計な心配をさせることも事実である。

3

茨木のり子の第三詩集『鎮魂歌』は一九六五年に刊行されている。この詩集の中から私は「汲む」が卓抜な作品と考えている。なお「Y・Yに」という言葉が題名にそえられている。

大人になるというのは
すれっからしになることだと
思い込んでいた少女の頃
立居振舞の美しい

発音の正確な
素敵な女のひとと会いました
そのひとは私の背のびを見すかしたように
なにげない話に言いました

初々しさが大切なの
人に対しても世の中に対しても
人を人とも思わなくなったとき
堕落が始るのね　堕ちてゆくのを
隠そうとしても　隠せなくなった人を何人も見ました

私はどきんとし
そして深く悟りました

大人になってもどぎまぎしたっていいんだな
ぎごちない挨拶　醜く赤くなる
失語症　なめらかでないしぐさ
子供の悪態にさえ傷ついてしまう
頼りない生牡蠣のような感受性

それらを鍛える必要は少しもなかったのだな
年老いても咲きたての薔薇　柔らかく
外にむかってひらかれるのこそ難しい
あらゆる仕事
すべてのいい仕事の核には
震える弱いアンテナが隠されている　きっと……
わたくしもかつてのあの人と同じくらいの年になりました
たちかえり
今もときどきその意味を
ひっそり汲むことがあるのです

茨木のり子にとって詩作の主題はいかに生きるかにあった。当初はいかに生きて来たかにあったのではないか。ある時点、遅くとも「汲む」を書いた時点では、これがその主題となったように思われる。ここで、茨木のり子がいかに生きるかについてきわめて自省的であることは、彼女の後の展開をみる上で心にとめておいてよいと考える。

4

茨木のり子は一九七一年に『人名詩集』と題する詩集を刊行している。この詩集の中から私は「大国屋洋服店」を読みたい。

バスが停ると
老人はゆっくり目をあげる
仕事の手をやすめ　乗り降りする客に
目を遊ばせる

バスが学園前で停ると
老いたおかみさんも　ゆっくり目をあげる
仕事の手をやすめ夫とともに
乗り降りする客を　見るともなく見ている

仕事は仕立屋
成蹊学園の制服を日がな一日作っているのだ
バスが停ると　私もバスの中から老夫妻をみる
見る者はまた　常に見られるものでもある

嫁さんらしい人をみかけることはない
まして　ちらりともみえぬ　息子　孫の類

身ぎれいな老媼と老爺から
簡素な今宵の献立までが浮んでくるようだ

二人は二羽の蝶のように
ひらひら視線を遊ばせて　目を変化させてから
バスが走り去ると　また無言で
こまかい仕事へと戻るのだ

浄福といってもいい雰囲気を
醸しだしている二人だが
彼らの姿を見た日には
なぜか　深い憂いがかかる

憂いのみなもとを突止めたいと
長いこと思い思いしてきたが
みどりしたたる欅並木を横にみて
時五月　バス停り　風匂い　二人のまなざしに会ったときだ！

この国では　つつましく　せいいっぱいに

生きてる人々に　心のはずみを与えない
みずからに発破をかけ　たまさかゆらぐそれすらも
自滅させ　他滅させ　脅迫するものが在る

二人に欠けているもの
私にも欠けているもの
日々の弾力　生きてゆく弾み
みせかけではない内から溢れる律動そのもの

子供にも若者にも老人にも
なくてはかなわぬもの
その欠落感が
彼らの仕事の姿のなかにあったのだ

これも、いかに生きるか、を大国屋洋服店の老夫婦に託して、語った詩である。それは、つつましく、せいいっぱいに、生きているだけでは、欠けているものがあるからであり、その欠けているものとは「心のはずみ」なのだ、というわけである。老夫婦の生活に憂いを見るのは作者のひとり合点の思い込みにすぎないだろう。それでも、生きるとは、平穏に日々を過ごすことができれば、それで足りるものではない。心の弾みが必要なのだと説くのだが、どうして心の弾みが必要なのか、どうしたら心の弾みが得られるのか、作者は説かない。その解答に作者の関心はない。むしろ、平穏そうにみえる生活に潜む翳に作者は興味を持ち、一応の答えを示したにすぎないのだろう。私は老夫婦のバス停で乗り降りする人々を見遣る眼差しにこの詩の魅力があると感じている。

## 5

『自分の感受性くらい』は茨木のり子が一九七七年に刊行し、世評の高かった詩集である。詩集の表題作「自分の感受性くらい」を引用する。

ぱさぱさに乾いてゆく心を
ひとのせいにはするな
みずから水やりを怠っておいて

気難かしくなってきたのを
友人のせいにはするな
しなやかさを失ったのはどちらなのか

苛立つのを
近親のせいにはするな

なにもかも下手だったのはわたくし

初心消えかかるのを
暮しのせいにはするな
そもそもが　ひよわな志にすぎなかった

駄目なことの一切を
時代のせいにはするな
わずかに光る尊厳の放棄

自分の感受性くらい
自分で守れ
ばかものよ

この詩を読んでいると、読者である私が作者に叱られているような気分になる。第三連を「わたくし」で結んでいることからみて、この詩は作者の自戒の言葉と解釈できるし、これまで読んできた作品と同じく、いかに生きるか、について作者の覚悟を披歴したものと解するのは当然である。だが、第三連の「わたくし」も読者と解せないわけではない。作者の自戒であれば、もっと静かに、しめやかに、心にしみいるようにうたうべきである、と私は考える。これは私には失敗作としか考えられない。

同じ詩集に「廃屋」と題する詩が収められている。

人が
棲まなくなると
家は
たちまちに蚕食される
何者かの手によって
待ってました！　とばかりに

つるばらは伸び放題
樹々はふてくされて　いやらしく繁茂
ふしぎなことに柱さえ　はや投げの表情だ
頑丈そうにみえた木戸　ひきちぎられ
あっというまに草ぼうぼう　温気にむれ
魑魅魍魎をひきつれて
何者かの手荒く占拠する気配

戸さえなく

吹きさらしの
囲炉裏の在りかのみ　それと知られる
山中の廃居
ゆくりなく　ゆきあたり　寒気だつ
波の底にかつての関所跡を見てしまったときのように

人が
家に
棲む
それは絶えず何者かと
果敢に闘っていることかもしれぬ

この詩を採りあげたのは最終連がすぐれていると感じたからである。私たちが家に棲むとは、絶えず衰亡していく家屋を手間をかけて保守し、また、住人の支配下にない樹々、草花の類がほしいままに繁茂するのを手入することを必要とする。そのような努力を怠れば、家はたちまち廃屋と化すのである。果敢に私たちが闘わなければならないのは、家そのものばかりでなく、身の回りの家具など、人の手によって作られたもの、また手なずけることが容易でない自然の猛威である。作者は闘う相手を「何者か」と言っているけれども、「何者」と決めつけることさえ困難な雑多なものたちである。そういう意味で、これも、いかに生きるか、という主題の変奏曲といってよい。

それ故、この廃屋は山中に在る必要はなく、町中に在っても同じだし、波の底の関所跡を思い起こすまでもない。これらは余計だと思われる。それに第二連に「はや投げ」という言葉が用いられているが、手許の辞書はもちろん、『日本国語大辞典　第二版』にも掲載されていない言葉である。作者の造語かもしれないが、無造作に造語を用いるのは私の趣味ではない。

## 6

一九八二年に刊行された詩集『寸志』に「賑々しきなかの」という作品がある。

言葉が多すぎる
というより
言葉らしきものが多すぎる
というより
言葉と言えるほどのものが無い

この不毛　この荒野
賑々しきなかの亡国のきざし
さびしいなあ
うるさいなあ

顔ひんまがる

時として
たっぷり充電
すっきり放たれた日本語に逢着
身ぶるいしてよろこぶ我が反応を見れば
日々を侵されはじめている
顔ひんまがる寂寥の
ゆえなしとはせず

アンテナは
絶えず受信したがっている
ふかい喜悦を与えてくれる言葉を
砂漠で一杯の水にありついたような
忘れはてていたものを
瞬時に思い出させてくれるような

日本語の不毛、ということは多くの詩人が感じ、歎いてきたことである。そういう気持を率直に表現した詩である。ただ、この作品の次に載せられている表題詩「寸志」に

味噌汁一年のまずとも
平気なやからも増えてきて
「いつからか
国土というものに疑いを持ったとき
私の祖国と呼べるものは
日本語だと思い知りました」
なる名言放ったひとがなつかしまれ

という一連が含まれている。カギ括弧の中の四行は「石垣りん著『ユーモアの鎖国』より」と註している。石垣りんの言葉には、日本語に「言葉と言えるほどのものが無い」というような歎きはない。作者も石垣りんと同じく日本語を誇りと思っているのだが、詩を書こうとすると、必ず、日本語は貧しい、という焦慮に駆られるにちがいない。これは詩人が詩を描くときにつねに覚える焦慮である。そうした焦慮を率直に書いたことにこの詩の感興がある。ただ、「顔ひんまがる」というような日本語は私の好む日本語ではない。

本来、表題作「寸志」を引用すべきところだが、あまりに長いので引用に適しない。それに、結びともいうべき最終連は次のとおりである。

母国語に
しみじみ御礼を言いたいが

なすすべもなく
せめて手づくりのお歳暮でも贈るつもりで
年に何回かは
詩らしきものを書かなくちゃ

私には、この詩は傲慢に思われる。それは私が書いてきた詩が日本語を豊かにするのに貢献したとは思われないからである。お歳暮という以上、日本語の宝庫にいくらかでも加えるものがなくてはならない、と私は考えている。

7

茨木のり子が一九九二年に刊行した詩集『食卓に珈琲の匂い流れ』に「顔」という好ましい作品がある。

かくれ里
と呼びたいような
ずいぶんへんぴな山奥の村で道に迷った
岨道(そばみち)を通りかかった老女に尋ねると
やわらかなお国なまりで指さしてくれた

あねさんかぶりの手拭いの下の
ほのかな笑顔のよろしさ
媼(おうな)という忘れていたことばがぽっかり浮かび
まさか
山菜の精ではないでしょうね
女も
晩年に至って
こんなふうにじぶんの顔を造型できる人がいた
この里に
それを認めうるひと　ありやなし
あわてて
まばたきのシャッター
わが脳裡に焼きつけた
いつでも取り出せる
大切な一枚として

素朴な老女の、浮世の辛苦をあらいながしたような顔に作者は見惚れている。これも、いかに生きるか、という命題を解いた詩なのである。しかし、「それを認めうるひと　ありやなし」は余計ではないか。また「よろしさ」という表現は、老女を見下している感じを与えるのではないか。そういう不満を持つけれども、心を打つ作品であることに変わりはない。
同じ詩集に「ふたたびは」という題の詩が収められている。

ふたたびは
帰らずの時
ひとはなんとさりげなく
家を出て行くものだろう
夕
いつものように帰ってくる
なにげなさで
木戸を押して
ひらりと

そして
ふたたびは

これは解釈の難しい作品である。私は、ふたたび帰らぬ、とは死んで去って逝くことのように解していたのだが、間違っているかもしれない。夫婦仲が悪くなって、そのどちらかが出て行くのかもしれない。この多義的な解釈を許す縹緲（ひょうびょう）たる雰囲気が私を惹き付けてやまない。

## 8

さてようやく茨木のり子の最後の詩集、一九九九年に刊行された『倚りかからず』に辿り着いた。表題作「倚(よ)りかからず」にふれざるを得ない。

もはや
できあいの思想には倚りかかりたくない
もはや
できあいの宗教には倚りかかりたくない
もはや
できあいの学問には倚りかかりたくない
もはや
いかなる権威にも倚りかかりたくはない
ながく生きて
心底学んだのはそれぐらい
じぶんの耳目
じぶんの二本足のみで立っていて
なに不都合なことやある

倚りかかるとすれば
それは
椅子の背もたれだけ

茨木のり子という詩人は若いころからいかに生きるべきかに心を砕いてきたことはすでに見てきたとおりである。彼女の最後の生き方として、何事にも倚りかからず、と言った。これは人生訓である。このような覚悟には敬服せざるを得ない。

たしかに既成の思想、宗教などに依存することは間違っているだろう。だが、私たちが社会で生活を営んでいる以上、多くの人々と関係を保っていかなければ生きていくことはできない。私たちは相互的な依存で成り立つ社会に生きている。私たちは日々他人に倚りかかって生活し、また、倚りかかられて生活している。他人に倚りかかられたら、それなりの責務を負うし、どうしても他人に倚りかからなければならないときもある。ただ椅子の背もたれに倚りかかるだけでは済まないことが多い。そう心得た上で、「倚りかからず」生きようというのでなければ、この詩は、この人生訓は、大言壮語の誹（そし）りを免れないであろう。

じつはこの詩集には、「倚りかからず」よりも茨木のり子の詩人としての尋常でない才能を示している作品がいくらも載せられている。たとえば「笑う能力」がその一篇である。

「先生　お元気ですか
我が家の姉もそろそろ色づいてまいりました」

他家の姉が色づいたとて知ったことか
手紙を受けとった教授は
柿の書き間違いと気づくまで何秒くらいかかったか

「次の会にはぜひお越し下さい
枯木も山の賑わいですから」
おっとっと　それは老人の謙遜語で
若者が年上のひとを誘う言葉ではない

着飾った夫人たちの集うレストランの一角
ウェーターがうやうやしくデザートの説明
「洋梨のババロワでございます」
「なに　洋梨のババア?」

若い娘がだるそうに喋っていた
あたしねぇ　ポエムをひとつ作って
彼に贈ったの　虫っていう題
「あたし　蚤(のみ)かダニになりたいの
そうすれば二十四時間あなたにくっついていられる」

はちゃめちゃな幅の広さよ　ポエムとは

言葉の脱臼　骨折　捻挫のさま
いとをかしくて
深夜　ひとり声たてて笑えば
われながら鬼気迫るものあり
ひやりともするのだが　そんな時
もう一人の私が耳もとで囁く
「よろしい
お前にはまだ笑う能力が残っている
乏しい能力のひとつとして
いまわのきわまで保つように」
はイ　出来ますれば

山笑う
という日本語もいい
春の微笑を通りすぎ
山よ　新緑どよもして
大いに笑え！

気がつけば　いつのまにか
我が膝までが笑うようになっていた

この詩の読みどころは最終行の「我が膝までが笑うようになっていた」にある。膝が笑う、とは『広辞苑』によれば、膝に力が入らず踏んばりがきかなくなる状態をいう、とあるが、作者は年齢のために膝ががくがく踏んばりがきかなくなった、というのであろう。さまざまの笑いを述べた後にわが身に引き寄せて笑いを誘うところにこの詩の興趣があるといえるだろう。なお、笑いにも、微笑、苦笑、嘲笑などさまざまなものがあり、作者があげているのは無学、無知に対する嘲笑に偏っているようにみえる。なお、山笑う、は芽ぶきの頃の早春の季語であって、新緑の時期よりもだいぶ早い時期をいうように私は理解している。

最後に「苦しみの日々　哀しみの日々」を紹介したい。

苦しみの日々
哀しみの日々
それはひとを少しは深くするだろう
わずか五ミリぐらいではあろうけれど

さなかには心臓も凍結

息をするのさえ難しいほどだが
なんとか通り抜けたとき　初めて気付く
あれはみずからを養うに足る時間であったと

少しずつ　少しずつ深くなってゆけば
やがては解るようになるだろう
人の痛みも　柘榴(ざくろ)のような傷口も
わかったとてどうなるものでもないけれど
（わからないよりはいいだろう）

苦しみに負けて
哀しみにひしがれて
とげとげのサボテンと化してしまうのは
ごめんである

受けとめるしかない
折々の小さな刺(とげ)や　病(やまい)でさえも
はしゃぎや　浮かれのなかには
自己省察の要素は皆無なのだから

茨木のり子が、いかに生きるか、を考え続けて到達した最期の境地を示す名作である。これでこの項を終えることは私の喜びである。

多田智満子

# 1

多田智満子が一九五六年に刊行した第一詩集『花火』に「わたし」と題する詩が収められている。

キャベツのようにたのしく
わたしは地面に植わっている。
着こんでいる言葉を
ていねいに剥がしてゆくと
わたしの不在が証明される。
にもかかわらず根があることも……

私たちは言葉をもつ。言葉がなければ一日も生きていくことはできない。だから、言葉を私たちから剥がしてしまえば、私たちの存在が揺らいでしまう。あるいは私たちの存在を証明することができなくなる。まさに言葉を私たちから奪うことは私たちの不在証明なのである。それでも、私たちは大地に根をはっていると作者はいう。言葉がなくても生物としての人間である「わたし」は存在するというのであろうか。あるいは、作者が身に着けている言葉は装飾であって、装飾を取り去っても、作者である「わたし」は健在であるということであろうか。どう解釈するかは読者に委ねられている。

それだけの興趣がこの詩にはある。
また「露草」という優美な詩がある。

夏の朝田のあぜをあるいて
露のおびただしさにふるえた
夜は人の心に一滴の露もむすばなかったが
このひとすじの葉の豪奢なる
満身の宝玉　さんらんとして
ひねくれたキャリバンの涙よりもよく光る
さればもはや遠い髪のなかの微風に
猫じゃらしと赤まんまを捧げることもないのか
みんなに叱られた女の子のように
あぜにしゃがんで露草の花をむしり
天の青さに指を染めるばかりだ

この最後の行の美しさはえもいえぬという感がある。これが現実かどうか。私は作者の幻想のように思うのだが、あるいは、作者はこんなにもすぐれた観察眼の持主であり、かつ、無類の譬喩の使い手だったのかもしれない。
「微風」という詩も読んでおきたい。

舌をころぶびわのたねのように
なめらかに六月は通りすぎる
てのひらにのせた氷のかけらも
あしたに凝ったかなしみも
おのずから体温に溶けてゆくとき
ゆうべうすあかるい空をまとって
女はひとりいたずらにやさしく
髪のなかの微風をしばしいたわってみる

これはじつに優美な詩であり、あしたに凝ったかなしみもおのずから体温に溶けるというような譬喩も清新で、鮮やかである。それでいて、ここには確かに一人の女性がいるという現実感がある。多田智満子は豊かな幻想力の持主でありながらつねに現実感をもつ詩人であった。

2

多田智満子が一九六〇年に刊行した第二詩集『闘技場』に「朝の花火」と題する詩が収められている。

薔薇の朝

気のぬけたチューインガムをかみながら
海のほとりをわたしはあるいた

砂の上にいびつな石像がたちはだかり
そのひびわれたかかとを
幼いやどかりがひっかいていた

にぎりしめたゆびの隙から
砂は砂の夢を洩らして自らを失い
ころがった骨壺は口をひらいて
かわきすぎた風をしきりにのんだ

沖には互に何のかかわりもなく
島々が点在し
ときどき忘れた頃に
まっしろい花火があがった

これは典雅な叙景詩のようにみえる。しかし、描かれているのは、何か不吉な風景である。そもそも花火が朝うちあげられることはないし、「まっしろい」花火もありえないであろう。そういう眼で読みかえすと、石像はいびつで、ひびわれており、やどかりの住処になっている。砂は指の間から零れ落ちると、自らを失い、砂ではなくなってしまうようである。海辺に骨壺がころがっているのも不可解だし、海辺を吹く風は湿っているはずなのに、乾ききっているという。点在する島々の光景は美しいはずだが、たがいに何のかかわりもない、と作者は言う。これは典雅であるべき光景に不吉さを感じている心情が生んだ作品であり、陰翳に富んだ作品である。

3

一九六四年刊行の第三詩集『薔薇宇宙』から「闇」と題する一篇を引用する。

まっくらな夜空に
薔薇が充満している
幾万もの薔薇がうごめいている
わたしにはそれがわかる
うなじに落ちるこの重い夜露が
ひしめきあう薔薇の汗だということが

いったい、多田智満子は知性的で教養高い詩人として知られているが、じつは感性にすぐれた詩人であったことをこの詩は示している。これも短いが、端正で、しかも、私にはかなりに官能的にみえる。

## 4

「チューリップ」と題する詩が一九七一年刊行の『贋の年代記』に収められている。

首さしのべて
チューリップはここに立つ
黒土を盛った春の処刑台

球根の眠りを破った罪
蝶をもてあそび
風になびいた罪
そしてもっと重大な
人の心をよろこばせた罪

これら大罪のゆえに
花たちはみな罰せられる
徒刑囚のように　しぼむ罰

つながれたまま立ち枯れる罰

とりわけ　ここに立つのは
最も重い罪びと
花の中の花
いさぎよく首さしのべて
断頭台上のチューリップ

童話的な作である。ただ、この詩はじつは人間の身勝手な好みや感興による残酷さを告発している
とみるのが正しいのではないか。
同じ『贋の年代記』に「井戸」という詩が収められている。

老詩人は紅茶のレモンをすくいながら
イノチのはなしをした
イノチはとほうもなく古くて長い
しかしあなたのイノチははじめからみじかい
生れてしまったからである
あなたは井戸でなくてバケツである
水はかわいた音をたてる

イノチの窓の外で
イノコヅチの実がこぼれる
男は女の中をくぐって
バケツから顔を出すだろう
舗道の上で
秋の姉がホオカムリして
うしろむきに立っている
あなたはもうじき死ぬ身だ
そして雑巾をゆすいだあとの水のようにすてられる
（彼はレモンのカスをすてる）
それだけがほんとうだ
契約が切れると
ツルベは井戸の底に落ちる
世界は急にケチンボになる
老詩人の耳の
六角の穴の中で
秋の蜜蜂がうなっている

これは私たちの生の本質がどんなものかを説いた詩である。おそらく本来であれば生は汲めども尽きぬ水をたたえた井戸に似たものであろう。その生にもツルベがあり、契約が満了すると、生は断ち切られるかもしれない。ただ、私たち人間の生は井戸とは違って、井戸から汲みだしたバケツの水のようなものだ。人により大きなバケツを与えられたものもいれば、小さなバケツしか得られなかったものもいるであろう。このバケツの中の水を使い切ると雑巾をゆすいだあとの水のように棄て去られて、私たちの生は終わるのである。バケツには季節の推移も背を向けている。私たちの生とは関係なく季節は推移するからである。そんな悲しく、憐れな生を受けいれなければならない、とでも言いたげに老詩人が紅茶を喫(きっ)している。むごい生の省察である。このような詩を書いた詩人は多田智満子をのぞいてはいない。哲学的な思惟を詩に書くことはありえるが、これほどに残酷ではない。いうまでもなく、ここには些(いささ)かの抒情もない。読者に突きつける刃のような詩である。

同じ詩集に「きのうの蛇」と題する散文詩が収められている。題名に添えたプロローグに「三界は虚妄にして、但是の心の作なり」という言葉に加え、「華厳経　十地品」と記している。

きのう夢のなかで美しい蛇を見た。
じつは夢ではなくたしかに庭で舵を見たのだが。雨のしとしとふる夕ぐれの庭の奥の、そこだけまだ白い石崖の下で。
でもきょうは晴れであるし、濡れた黄昏の蛇は二度と現われない。完璧のうろこに身をつつみ、鋭敏な冷淡さしか見せなかった、あの白と灰色の大きな縞蛇。彼は私の凝視に堪えて身じろぎもしなかった。

（私の背後で谷川がざあざあと音をたてていた）

私は昏れていく大地に向って一吹き口笛を鳴らした。とたんに蛇が舌を出した――というより、眼にもとまらぬ速さで舌を出し入れした。

淡い朱色の、とがった顫音（トレモロ）……。

舌をひっこめるとこんどはゆっくり進みはじめた。たいそうゆっくり――しかしやはり一秒に何十回という速さで全身のうろこがふるえ、ふるえながらなめらかに体が前へずれていく……頭から尾まで三つうねった波型を少しも変えず、尾の端を消滅させ同時に頭を先へ先へと生起させながら。

（そのすばやい生滅を進行と人は呼ぶのだろうか）

蛇は松の根方の濃いくさむらにすべりこみ、私は傘を手にしたまま雨の中にとり残された。ぐらりと傾いた丈高い茸のように。

そう、あれはやはり夢であったにちがいない。波うちながら生起し消滅した細長い夢。

（あの全身のうろこの、白と灰色の華麗なヴィブラート！）

この庭そのものも、きのうのあの庭ではない。くまなくかわいて翳りがなくて、谷川の音も浅くなった。

たしかに私は暗い幻の雨のなかで眼をみひらいていたにちがいない。そして私自身、あのとき、庭の隅の一本の茸であったにちがいない。

この幻想的な詩の不気味さは作者の妄想かもしれない。一方で、世界はすべて虚妄という思想によって、この詩は書かれているかもしれない。たんなる作者の幻想をここに見るか、あるいは、虚妄の世界を作者が示したと見るか、読者の自由だが、前者としても、描写の現実感は作者の力量を充分に示しているし、私は後者の見方だが、この幻こそ現実、現実は幻、という事をこのような作品に結晶させた作者に脱帽する。

5

『蓮喰いびと』は作者が一九八〇年に刊行した詩集である。この詩集の中に「後姿に」と題する詩があり、「逝ける古典学者に」と題名の脇に附記されているので、作者が親しかった古典学者の死んだときの挽歌であろう。

なぜ後姿しか見せないのか
ふりむくことを禁じられたオルペウスのように
あなたはすたすたと歩み去る
(そのあとをだれもついて行かない)
アカンサスの鋸歯状の葉の茂みから
蛇が三角の首をもたげて見送っている

ひたいの翡翠をゆすりながら

＊

後姿が遠ざかる
石ころだらけの道を
つまずきもせずに
（あとをだれもついて行かない）

道は岐れる
ななめ右とななめ左へ
ななめ上とななめ下へ
（系統樹はとてもたくさん枝分れしている
そしてどこにも根がない）

岐れ道で立ちどまると
後姿がすっとずれる
まるで重なっていたトランプの絵札のように
あなたは数人のあなたになって
（同時にとても影がうすくなって）

八方へ散らばって行く
（ななめに）
その岐れ道でわたしらは待つ
いつかあなたが
（旅人に姿をやつした神のように）
生者のもとに
スープをのみに還ってくることがあろうかと

（でもおそらくあの冥いところで
あなたはすでに幾粒かの柘榴を口にしてしまった）

＊

太陽はやつれて小さい
光よわく
虚空になかば透きとおり
ふわふわと
行き処のない人魂（ひとだま）のように……

（薄荷の葉を噛みながら

ななめ上をながめている
わたしら)

これまでも感動的な挽歌は多い。作者の哀しみは痛切であり、しかも、その哀しみは普遍性をもっているから、読者にとっても心を揺さぶられることが多いのである。この挽歌も同じ意味で読者を感動させるが、後姿しか見せない死者に思いをよせてその行方を見遣る作者の眼差しとおそらくヨーロッパの古典に由来する豊かなイメージの展開が多田智満子以外には書くことのできない、独特の悲哀を読者に伝えている。この挽歌を真に享受するには作者と同様の教養を必要とするかもしれないが、そのような教養のない、私のような読者にも十分感動を催させる作である。

同じ詩集に「終点まで」という作品が収められている。

目がさめる度にちがう風景だ
時はどっち向きに流れているのか
前にも後にも水銀のレールが光っている
——あなた　どこでお降りですか
——わたし　終点まで行きます
草ぼうぼうとしてねむってしまう
とぐろを巻いて
薄日さす夢のしっぽをくわえ

（そう　頭ははじまりでなく
しっぽはおわりではないだろう）
わたしはまだ生まれていないらしく
世界は卵の殻ごしの半透明のあかるみだ
遠くで目覚まし時計が鳴っている
あれは誰の朝なのか
いっせいに卵割れて
紅白の子供たちの運動会
ピストルが鳴ると
校門の前に霊柩車が待っている
ねむって運ばれて
目がさめる度にちがう風景だ
いちめんに蝶が飛んでいて
ひらひら裏返ると枯葉になり
飛び散ってあとはがらんどう
ごうごうたる虚空のトンネル
——終点はどこですか
——あなたもごぞんじないのですか

これは眠っている夢なのか、うつつの現実なのか、分からないままに意識がもうろうとしている時がある。そんな経験は誰もがもっているはずである。意味ない情景が次々に現れ、消えてはまた、新しい情景となり、どこまでも終わりがないように感じられることがある。これを文字に表現するとこの詩のようなナンセンスになり、ナンセンスの感興を覚えることになる。多田智満子のような知性に富んだ作者だからこそ、こんな作品が書けるのかもしれない。

## 6

一九八六年に刊行した詩集『祝火』は多田智満子が生前に刊行した最後の詩集だが、これには秀作が多い。初めに「螢」という題名の作品を紹介する。

冥くなったわたしのまわりで
蛍が浮いたり沈んだりする
ひかりのうるんだあの螢は
もしかするとお母さんですか

鬱蒼たるわたしの頭上から木洩れ日のように
きれぎれの絃楽の音がふりかかる
もしかすると菩薩さまですか

どこかで瓔珞（ようらく）がゆれている

わたしはたくさんの夏を生きた
たくさんの川を渡った
（水はいつも澄んでいて
それはほとんど奇蹟だった）

そして最後にこの伝説の川
忘却の水をたたえて
深さも幅もわからない川

いまあたらしく灯をともしたあの螢
もしかするとあれはわたしなのですか
句読点のように静止して
うつむいたわたしの額を照らしている

螢といえば和泉式部のよく知られた和歌を思い出さないわけにはいかないが、この詩はもっと複雑な心情を制御した調べで表現している。和泉式部の作に劣らないとは言わないが、現代において螢をうたうとすれば、この詩以上を望むことはできないであろう。

詩集『祝火』中の「永遠の落日」を読むこととする。

落日を待つ
スーニオン岬の神殿で
化石した海神（ポセイドン）の背骨にもたれて

崩れかけたこの石の柱には
無数の旅人が名を刻んでいる
二千数百年の間
だれもがたったひとつの落日を待ち
そしてあまりの待ち遠しさに石を傷つけたのだ
磨滅しかけたギリシア文字の名
ラテン文字の　またアラビア文字の名
とりわけ人が指さすのは詩人バイロンの名

ヘラスの夏は長く
一日の午後はさらに長く
日はいつまでも沈まない
エレアのゼノンがいったように

太陽Aは水平線Bに到達するまでに
中間点Cを通らなければならない
Cに達したら次はCとBの中間点Dを通らなければならない
ゆえに太陽は決して水平線に達することがない……

そう　ここでは決して日が沈むことがない
真紅の日輪（ヘーリオス）がエーゲ海に溶け入る一瞬
名高いその一瞬のために
この白い岬の果て
潮風に吹きさらされた世紀の果て
身ひとつに古代からのすべての旅人の影を曳いて
待ちつくすわたし自身
すでに未完の伝説のなかにある

これはいかにも多田智満子らしい教養、学識、感性にあふれた作品である。私は無学だから、彼女が日没を待った古代ギリシアの遺跡である岬がどういう場所であるかを知らないが、この詩からその風景、その歴史を教えられ、彼女の体験を追体験できるような錯覚に襲われる。詩としては、ゼノンの逆説を引き合いに出していることなど、心憎いほどに巧妙である。古代遺跡に佇んで日没を待つ彼女を目前に見るような感じを与える佳作である。ただし、このような教養主義的な詩に反感をもつ読者がいてもふしぎではない。

## 7

最後に二〇〇〇年に刊行された詩集『長い川のある國』から一篇「踏」を紹介して終わることとする。

死者の顔を踏んで過ぎてゆく生者
やがてその顔もあとから来た者に踏まれる
ぼろぼろに砕けて
砂となって

これは彼女の生涯の掉尾を飾るにふさわしい卓抜な作品である。
多田智満子の詩は現代詩の中ではもっとも教養の高い作品群であり、感性においても知性においても高度に洗練されている。反面で、日常の瑣末をうたうことはない。彼女の日常の生活はどんなものだったのだろう、という好奇心を抑えられない。そのあたりに私の不満はあるのだが、これは高望みというべきであろう。

白石かずこ

1

白石かずこが一九五一年に刊行した第一詩集『卵のふる街』に「星」と題する詩が収められている。

『はずかしいの』ときいた
ことことと箱のなかで音がした
いきといきとがかよって
春のおぼろ月夜のような冬の月
氷がぺったりとあたしを抱きしめてくれる
霧が酔っぱらってくちづけしにきた
じっとしていると
またききにきた
『はずかしいの』

あたしの目はおもたく
星の方にひらいていった

作者が二〇歳前後の作品であろう。驚くべき才気である。「あたしの目はおもたく」眠気を催している。「あたし」は眠いのだ。彼女に「はずかしいの」と問いかけてくるものがいる。「あたし」は冬の月に抱きしめられ、霧につつまれている。「はずかしいの」と問いかけられても、その問いは、「彼」と会うことを彼女がためらっているのが恥ずかしいからなのか、それとも別の理由があるのか、分からない。いずれにしても、いくら問いかけられても誘いにのりたいとは思わない。「目がおもたい」からでもあるが、それよりも、何よりも、「星」に彼女の目が向いているからなのだ。何を「はずかしい」と思っているのか、問いかけているのは誰なのか、何をためらっているのか、説明はしない。しかし、この詩には少女のためらいが読者に何となく分かるような情緒がある。とはいえ、この作品は言葉足らずであり、才能ある詩人の習作とみるべきであろう。

## 2

白石かずこは一九六〇年に第二詩集『虎の遊戯』を刊行した。この詩集に収録されている「終日虎が」を読む。

終日
虎が出入りしていたので
この部屋は
荒れつづけ

こわれた手足　や椅子が
空にむかって
泣いていた
終日
虎　が出入りしなくなっても
こわれた手足　や椅子は
もとの位置を失って
ミルクや風のように
吠える
空をきしませて　吠えつづける

童話を聞く感がある。虎が何か、分からないが、誰もが虎を飼っている。虎がいつ、どんな乱暴をするか、分からない。乱暴されたものたちが、泣きわめき、「空をきしませて　吠えつづける」のも、在りうべき現実である。童話的風景はどこにも存在する。現実には日常私たちは「虎」を飼育していないだけのことである。しかし、虎に象徴されるものを飼育しているのである。

この詩集にはまた、「むしばまれた窓の唄」と題する詩が収められている。

私の肺の
むしばまれた窓が　すこしあいて

今朝　は小鳥がはいってくる

新聞などをよみましたか
黒いシャツをすてましたか
血まみれた教科書をおだしなさい
私の肺の
むしばまれた窓　のそばに

いつかアラブ人がすわって煙草を吸ってる

新聞などをよんで何になりますか
ピストルならありますよ
彼女を　かえしてください

私の肺の
むしばまれた窓は　夕暮れて
しまろうとする　その時
なにも影のない　くらやみ

そのものがはいってくる

あぐらをかいて　孤独を吸う
かたちもないのに　愛をうばう
ながい時間　ノートした
肺の唄を　すこしずつ
笑いながら裂いていく

私には、この詩にいう「肺」は作者の「心」だと思われる。私たちの心はいつも蝕まれている。だから心には、いわば窓のような出入口があって、その出入口からいろいろな映像、意見、示唆などが入りこみ、私に語りかけたり、ある種の行動を促したりもする。時に心は暗黒の闇となり、私たちを孤独に追いこみ、愛を奪い、私たちの心が書きとめた唄を引き裂いてしまうこととなる。この詩はそんな心の風景を譬喩で表現した作であり、この詩の傑出した巧みな譬喩にこの詩の興趣がある、と私は考える。

「むしばまれた窓の唄」に続いて収められている「あそこを流れていくのは」は、この詩集の中でもっとも秀逸な作品のように思われる

あそこを流れていくのは
私でしょうか

いや　帽子や手足にすぎないし
あの服はぬぎすてた胸で
あるのでしょう

あそこを走っていくのは
私でしょうか
いや　キリンです
あの子は　長い棒でできた挨拶です
前のめりになって　昨日をやりすごす

あそこにじっとすわっているのは
私でしょうか

さよう
私でしょうね
じっとこちらをみてるから
そして
ここに　すわってみられているのは

もう私じゃない
私の抜けだしたあと
かたちばかり大げさな身ぶりして
砂だらけの時　にまみれてます

私は流れたり、走ったりしているのだが、じつは流れたり、走ったりしているのは、私自身ではない。私の抜け殻のようなものであり、残った私をまた別の私が見ている。私を私らしく見せているモノたちをいくら剥ぎとったり、脱いだりしても、私は存在しているのだ、とこの詩は語っている。「私」と、私を私らしく見せているモノたちは違うのだ、という宣言であり、自覚でもある。私という存在は何者なのか、を問いかけている作品である。

3

白石かずこの第三詩集は『もうそれ以上おそくやってきてはいけない』という長い題名をもつ詩集であり、一九六三年に刊行された。この詩集からまず「禽獣」と題された詩を読む。

胴体は　すでに禽獣にくわれてしまった
のに　まだ
首だけはのこっていて

草むらの中
頭と頭はささやかにささやきあうのだ
愛しあい　にくしみあい　いたわり
傷つけあう部分がまだのこっていれば
そこを傷つけあい
など して

人間とはどういう生物か、という質問に対する、これが白石かずこの回答である。私はこれまでの詩集の作品に彼女の才能を認めてきたが、彼女が真に詩人としての仕事を始めたのはこの時期からだと考えている。この「禽獣」の次に配されている「憑かれる」もすぐれた詩である。

憑かれてしまった男がいる
ほとんど　犬のように犬らしく
犬語で　犬になることに
男は　犬になった自分を連れて
うちに戻ろうとするのだが
犬は　もう一歩も動かない
しかたなく
男は　犬の首だけひきちぎって抱えて戻る

自分自身に
往来では　犬の胴体が
首のなくなった今も一歩も戻らずに
血を流しながら　なにか
シッポで空を　掻いている

白石かずこは怖ろしい幻想を描いてみせた。彼女はきわめて理知的な女性である。ヒトはヒトであることが嫌になったらどうなるか。犬にでもなるとしたら、どういう運命が待ち受けているか。この形象化は見事である。

この詩集からもう一篇「空をかぶる男」を紹介する。

あの男は　空をかぶっている
空は　重い帽子なので
男の顔はみえない
首から下が地面にしたたり
石畳をふんで
こちらへ歩いてくるのだ

こちらは今だ

こちらのむこうは明日?
明日はなにか　犬のような?
シッポをふってくるのではないが
明日は必ずやってくる今日であり
昨日になるシッポなのだ

男はやりすごす
数本の下品なシッポらを
今日のロッ骨にからませながら
そして　男はつぶやく
なにか　何が何かを
何が　何故かを
そして　胃袋に突然おちる
男の帽子をみる
それは空ではないか
みあげると空がない
あの重い帽子の空が
男の頭からとれる景色を
男はカニのようにかもうとする

だが　男はあの重い空の帽子に
顔を忘れてきた
わけても顔の中にすわっていた
丈夫にむかいあった歯らを

男はやがて
胃袋の外に流れている
帽子に逢う
空は　い然として重い帽子なので
男の顔はみえない
首から下が地面にしたたり
石畳をふんで
こちらへ歩いてくる

だが
いくら歩いても近づくと
信じられない遠さから　今日へ
あの空をかぶった男は　ほとんど
不眠症のように　首から下をさまして

今も歩きつづけてくるのだ

この詩にいう「空をかぶる男」とは空そのものにちがいない。私たちにとって、重たい空が憂鬱でたまらないことがある。それでも私たちはいつも空の下で生活している。私たちは空という帽子をかぶって日々を暮らしているのである。この空をかぶった男の歩みにしたがって、私たちは昨日から今日へ、今日から明日へ、時間を過ごすわけである。この奇抜なイメージの創造と展開が白石かずこの詩のじつに独自の個性によると私は考える。

4

一九六五年に刊行された白石かずこの第四詩集『今晩は荒模様』に収められている「鳥」と題する詩を引用したい。六〇行ほどもある長篇詩である。私はその一部だけを引用して、この詩の解釈を示すことには躊躇する。そこで、やむを得ず、全篇を紹介する。

バイ　バイ　ブラックバード
数百の鳥　数千の鳥　飛びたっていく
のではない　いつも飛びたつのは一羽の鳥だ
わたしの中から
わたしのみにくい内臓をぶらさげて

鳥

わたしは　おまえをみごもるたびに
目がつぶれる　盲目の中で世界を
臭いで生きる
おまえを失う時　はじめてわたしはおもえをみる
が　その時　わたしの今までは死に
新しい盲目の生がうごめきはじめる

バイ　バイ　ブラックバード　と舞台で
彼は　きわめて一羽の鳥になって唄い
聴衆は幾万もの耳になって　彼の鳥を追う
その時　聴衆は盲目の幾百万の羽だ
観ることのできない聴衆がそれぞれの
羽をはばたかせて鳥の亡霊になり
あの舞台の一羽の鳥を追いながら　暗い客席
を舞うのだ
だが誰かにわかるか　どれが亡霊でなく
ほんとの鳥か　　　　　また
バイ　バイ　ブラックバード

ほんとに　ここから飛び去っていくのは
なにものか
唄っている彼にもわからない　只　彼は夢中
で唄っている　そして感じるのだ
なにかが飛び去っていく今　それは確かだと
それは彼のすべっこい時であるかも知れぬ
彼の魂のごくやわらかなロースのとこかも知
れぬ　また　うしろめたい罪の星の記憶かも
知れぬ　また一番前にすわっている子のチュ
ーリップ型の脳髄から飛び散る　なまあたた
かい血であるかも知れぬ

バイ　バイ　ブラックバード
わたしは鳥である
わたしが　わたしを拒否しようと
むかえようと
このついばむことをやめないトガッタ嘴と
はばたく習性をもつ羽を
わたしからもぎとることができない限りは

わたしは　今日　鳥である
わたしは祈りになり　日に数回　空につきさ
さり　空から突きおとされて堕ちてくる鳥
また　堕ちてくる鳥をかかえる内臓だ
わたしの中には　これら堕ちてきた巨大な鳥
小さな鳥　やせてひねた鳥から　傲慢で
やさしい鳥まで
あるものは半ば生きてうめきながらいる
わたしは日課のようにこれらの鳥を鳥葬にする
一方
日課のように未来の鳥たちの卵をあたためる
わたしは未来を喰い破る奇怪な鳥の卵ほど
いとおしんで必死にあたためる
バイ　バイ　ブラックバード
わたしは奇怪な鳥になって
わたしを喰い破るあいつを一度飛びたたせよう
と思っている　ほんとに
血がふきでるほど　あいつを飛びたたせなくて
は

バイ　バイ　ブラックバードを
粋に　唄ってやりながら

私にはこの詩の行分けがまず分からないことをはっきりしておきたい。これは『白石かずこ詩集成』全三巻の第一巻に掲載されている詩の行分けにしたがっている。たとえば末尾から三行目の「は」がどうして行頭に置かれ、その前の行末におかれてはいけないのか私には理解できない。詩についていえば、詩の全体を通して、鳥の生態のイメージの豊富なことに私は圧倒される。この詩で、作者は鳥に変身した自己を描いている。鳥は毎日空に突き刺さっては堕ちてくる存在であり、作者は未来を喰いちぎる奇怪な鳥の卵をいとおしみながらあたためている。空が、かりに理想と夢想とか、作者が欲しているものであれば、それらに近づこうとしても堕ちていく他ない。それが現実とすれば、未来を喰い破る鳥を育てている作者は未来に絶望しているのである。鳥はそうした作者の妄想の所産かもしれないが、その凄絶な生態の恐怖が読者の心を捉えるであろう。

## 5

白石かずこが一九七〇年に刊行した詩集『聖なる淫者の季節』は第一章から第七章まで、一冊の詩集をなす、長篇詩だが、その断片を拾い読みしても愉しく、教えられることの多い詩集である。たとえば、第一章に次のような一節がある。

男は
男とは　ほとんど犬である
と　思うことで　ほとんど男であった
ほとんど　哀しみであり　絶望であり
全世界である　として
いま　それが何だ

わたしたちは　いま
ボーリングしに　いくでしょう
わたしたちは　いま
口争いをし　ボクシングをみにいくでしょう
わたしたちは　いま
ハカバにいく前に
ちょっと人生に　よりにいくでしょう
わたしたちは
いくでしょう　非常にいくでしょう
非常に電車やイメージや苦痛や
現実などにのり
愛というヒョータンのゆれる景色をサゲスミ

憎しみ　愛し　恋しながら
次も第一章の一節である。

人間は　狼になりたい
ペンペン草になりたい
ならずものになりたい
ならずものの　気まぐれにふりまわされ
自分を亡ぼしたいのだ
非常に　急激に亡びたいドラマを
男も女も　性交（レグ）するのだ

みんな　死にいそいでいる
非常に　死にに　いきたがっている
だから　ほとんど
子供を生みたがり
次に
後悔するのだ
老いたことを哀しみ

じつに性急に老いたがっている
人類は永遠をのぞまない
すべて亡びたがっている
彼らは人生になりたくない
ロマンになりたいのだ
むしろ　バラに
虫ケラに
虫ケラのようにフミツブサレルことに

次は第二章の最終節である。

わたしは　わたしの
背中を撫でると　何ひとつ
つきでるコブもなく
わたしは　背中が　まったく
沙漠なのを知る
すると
わたしは　ほとんど　隊商になり
いくより　ほか　ないのである

次は第七章の一節である。

あの子も　腐ったわ
くさった輝く眼よ　眼の芽よ
眼の月よ
春の宵
あの　くさった輝く眼をした春の子のひとりは
ビルの屋上の
ビヤガーデンで
かげろうになり　ネオンに
鬼面をうつしながら
ゴーゴーを踊るのである
それは5時半から　9時である
2千円である　2食つき
雨天中止である

次は第七章も終わりに近い一節である。

かりそめの姿というのは

トンボでも　カナリヤでも　ホッスラーでもよい
何であれ　よいのだ
マイ・地獄は
たくさんの　かりそめという衣装を
もっている
そのために　かりそめでない　仏陀　本来の
地獄のメッセンジャーの姿は
ときどき　みえなかった
だが　今は　みえる
かりそめは　すべて　シースルーだ
聖淫の
季節の中で　ますます
シースルーに　なるからである
親愛なる
この聖なる　淫者の季節よ
7年はめぐり
ようやく
発情はじまったかにみえる　これらの季節に
現れ　散り　生まれ

変貌していく　かずかずの
にんげんに似たものたち
にんげん
という名の妖怪たち　聖霊たち
かげろうたちよ

詩集の題名にもかかわらず、この七章からなる詩は淫靡でもなければ、淫猥でもない。淫らなるものたちを陽炎のように、実質のないもののように見ている。きわめてメタ・フィジカルな詩であることに間違いないようだが、私がこの詩を興趣をもって読んだということはできても、作者の意図を理解できたとは思わない。

6

詩集『動物詩集』は『聖なる淫者の季節』と同じく、一九七〇年に刊行されている。この詩集に収められた詩はおおむね短く、分かりやすい。
まず「猿たち」を読む。

わたしたち　人間にならなくても
いいの　シッポがあってもいいのよ

べつに　べつに
神にも　哲学にも　ならなくて
よいことよ
わたしたち　愛しあう
それだけで　充分よ
と　猿たち　シェーク　シェーク
体をゆすぶり　踊りながら
愛について　シッポとシッポで
話しあいました
なのに　人間の男と女は　今日も
シッポがないばかりに
愛がみえない　信じられないわ
といって　不信の霧の中
魂をうつろに　さまよわせているのです

人間は愛がみえない、不信の霧の中をうつろにさまようばかりのそんざいだ、という。こうした箴言めいた言葉がすべて誤りとはいえない。人間がそういう憐れな存在なのはシッポとシッポがないためだ、という猿の言葉は私たちを微苦笑に誘うだろう。それが作者の狙いにちがいない。

「わたしが鰐だった日」は次のとおりである。

わたしが鰐だった日の　話をしよう
わたしたちが7月の苛烈な太陽の下で
わづかな時間をむさぼりながら
ドーモーな2匹の鰐だった日の話をしよう
あれは　まるで
はじめての愛　はじめての憎しみだった
どうして　あんなにはげしく
互いのいのち　かみ殺し
愛しあったかわからない
神様っていうかわりに
太陽　と　わたしたちはよんだ
ほとんど　祈りに近い愛を
わたしたち　鰐のたくましさで
鰐になって行為した
それ以外に永遠がないかのように

鰐が語っているのではない。ヒトが鰐であった日を語っているのである。ヒトは何故、鰐のように、永遠の愛を求めて、性行為することができないのか、と作者は問いかけている。神を頼るよりも、太陽を喚起するように、自然に溶け込むことを作者は示唆しているのかもしれないが、慥（たし）かではない。

それがこの詩の弱点ではないかと私には思われる。
「蛇になった女」はこの詩集の中で抜群の作品である。

わたしは昨日から蛇になったの
髪の長い美しい女は　男に宣言した
だから　トグロをまいて
あなたの心臓を抱きしめたまま
しつこく　愛するのよ
と　いったかどうかは知らない
が　女は蛇であった
あの　冷たい濡れた感触の蛇をみるとよい
その眼の　いい知れない暗い炎を
妖しい執念を　男よ　のぞいてごらん！
なぜだか　意味は　わからない
理屈ではないからだ
蛇になった女がいる　いや
蛇は　まったくある種の女に似ている
蛇は女である

女性の愛の執念を形象化した見事な作品である。しかし、この詩にはすこしもエロティシズムも卑猥さもない。これは白石かずこの詩の特質とみてよいだろう。
「山羊族の男の子たち」は次のとおりの詩である。

あの男の子は　かわいいな
メエメエ　山羊に　似てるな
人間の　山羊だな
山羊みたいに　よわい人間だな
よわいから
優しくて　はかなくみえるから
いたぶって　遊びたいんだな
と
一匹の　狼女がいいました
ひとり言　いいました
それにしても　狼は
とても　可愛い　イタズラッポイ
魅力的な眼をした
キカない　女の子なのでした

山羊族の男の子たちよ
可愛い女の子には気をつけてください
狼は　その彼女たちの中にいるのです

ここにいう狼は人間の女であり、現在では時に中年の男でもありうるだろう。

7

白石かずこが一九七五年に刊行した詩集『紅葉する炎の15人の兄弟日本列島に休息すれば』にはその冒頭に「増殖する夏その15人の兄弟」という作品が載せられている。この作品の中に

ここに
われら増殖する夏　多産の　悪徳の
夏の十五人の兄弟がある
十五人の屈強な夏のポパイ力の兄弟よ

という四行があり、これらの兄弟の紹介を始めている。次に途中の詳細な説明は省きながら、一五人がどういう人物として描かれているかを示す。

長兄は空をかかえる入道雲になり
次兄は海をかかえてヘドロを洗う船乗り
三男は地面をかかえて空地あればひとに国を売り渡し　地球の土地こま切れにして
土地切り肉屋に堕ちるこの世の地獄師
四男はマリファナを吸う　煙草を吸う　吸い師（中略）
五男は　ありとあらゆる匂をかぎ歩く（中略）
六男は地面を這う　ほとんど四つ足で（中略）
七男は踊る　いつも地面に両足をただ漠然とたたせるということはない（中略）
八男はマネ師　またの名を役者という（中略）
九男は祈祷師である（中略）
十男は　眠る（中略）
十一男は泣く　どうしようもなく涙がでるのだ（中略）
十二男は　非常にきくのである（中略）
十三番目は　生まれた時から死にはじめていた（中略）
十四男は　何かをくちずさむ（中略）
最後に　十五男は笑う
十五番目に現れたこの夏の屈強な最後の弟は
ほとんど何もすることがないので笑う

このような一五人の兄弟の中で、「十三番目の経帷子の男　死に到着した」ので一四人の兄弟を作者は次のように要約している。

屈強な空かかえる長兄の入道雲を先頭に
ヘドロの海さらう次兄の船のり
三男の土地切り肉師
四男の吸い師
五男の匂い男
六男の盲目のさわり師
七男の踊り手
八男のマネ師
九男の祈祷師
十男の眠り師
十一男の泣き男
十二男の耳男
十三をとばして　十四男の詩人
十五男の笑い男

この引用では、これらの兄弟の生態を具体的に思い描くことができないであろう。そこで五男、六男についての描写の全部を次に示す。

五男は　ありとあらゆる匂をかぎ歩く
男が女の方に鼻ひくつかせる　また牝犬たちが牡犬を蚊帳に呼ぶ匂から　腐った豚の腸詰　腐った才能の水死し始めた緑の球根　明後日の方に渇いてゆく欲望という名の猿すべり　ひとすべりの赤い花　鼻　これらの匂をかぎながら　もはや死にかかって死なない母のすえた乳房のあいまいの甘い巨大な愛の空洞もかぐのである
六男は地面を這う　ほとんど四つ足で
二本の足でゴリラのように立つより
四本の手足で這うのは　くまなく　すみずみまでさわるためである
六男は盲目のさわり師である
空をもみ天候の気分を伺い　地にふれ　土たちのきげんふきげんを伺い　海に口寄せし
魚たちの呼吸の具合　潮たちのみちひきを
処女の腹の上まさぐるようにさわり　感触の哲学（フィロソフィ）を思考するのだ

このような描写で一四人あるいは一五人の兄弟たちが生臭い人間のように描かれている。驚くべき豊かな作者の想像力である。
途中から二〇行ほど引用する。

いま　増殖する夏らに夏がしだいに犯され
おかしがたい疫病にかかって　毛の抜けた牝ライオンになり　密林のあちこちでトツゼン、斑点を全身に現し、あるいは泡をふいて倒れていくのもきこえる
これ以上　夏もあれもそれもふえてはいけないのである
しだいにふえる棺桶にもう　それらの増殖する死は　はいりきらないのである
にもかかわらず　今度は非常に身近く
なにかの　折れる音がした
これを耳男は　きいた
死につかまった夏の人間　彼のすぐの弟十三男の脳髄の椅子の一部がフィにくづれたのである
この男は生まれた時から白い経帷子をつけていた
十三番目は　生まれた時から死にはじめていた
小学校の遠足の時も
みんなは希望の川の方にと歩いていくのに
この十三男だけは死の川の方に歩いていた
ひとりだけはぐれていることに誰も気づかない
たいへん淋しい　顔色の悪い黄泉の国の表情だとひとはいわない
貧血気味で栄養分が足りないんでしょ
母親は　この十三番目の息子にミルクを誰よりも沢山のませた
ヒソ入りのミルクだと　一度も法廷でミルクは告白したことはない

死は緩慢に　あるいはトレモロで
白い経帷子の十三男と同衾する

次は葬送の情景である。

完全な死となった十三男の棺をかつぎ
夏を行進する
しだいに明るくフォルテで熱くなる　百万力の夏
ポパイ力の夏よ　その中を
十四人の屈強な兄弟　汗ふきはらい
弟の棺かつぎ
厳粛に葬送の唄となえ
行進するのだ　埋葬の地にむかい
（中略）
進路は　この日やさしく手をさしのべてるかにみえたが
進路は　夜にならない前に　気まぐれの枝に
やさしく身をまかす娼婦に似て
行手は　たちまち
混乱の葦しげる沼地だ

十四人の兄弟
地上高く棺かつぎあげたまま
直立不動で東西南北　どこへでるべきか
狂った葦の右へ左へ迷いに迷いそよぐ沼地にたつ
狂った葦の右へ左へ迷いに迷いそよぐ沼地にたつ
母親は泣く
大嗚咽で十三番目の息子の
生まれでない前からつけていた白い経帷子にしがみつき　死が死ぬのを泣く

最後の数行を引用する。

海の屈強な夏の十五人の兄弟
呑みこまれる
屈強な十五人の兄弟の　悦楽に充ちた断末魔の声が
わたしのノドの奥　不意の砂なだれになってきこえる
（中略）
遥か前方　いや
ほとんど顔にぶつかるほど明らかに近く
屈強な夏のポパイ力の十五人の兄弟が

みえない棺かつぎ
ほとんど馳け足で通りすぎるのを
ほとんど飛脚の速さで
全身から緑の夏液とびちらし
全脳から精神の火液とびちらし
ほとんど飛脚の速さで　いや
ジェットの速さで通りすぎるのを
ほとんど何にむかうスピードか
だが
非常に急激に増殖する夏
多産の悪徳の夏に
わたしは　みるのだ
わたしたち屈強な十五人の兄弟
この幻以上の真実を
真実の幻を

この詩は、私には、増殖してやまない、多産な、夏の生命力に対する讃歌のように思われる。一五人は生命力のさまざまな現象であると考える。いかに生命力が旺盛であっても、かえって生命力に圧し潰されて死ぬ者がいてもふしぎはない。夏は作者にとって緑が怖ろしい速度で生育し、繁茂し、自分を傷つける、猥雑な季節である。作者が見ていたものは幻かもしれないのだが、この幻こそが真実である、と作者は言う。夏の旺盛な生命力と同様に生命力に充ちたイメージの氾濫に読者は溺れるかもしれない。それほどにこの詩には噴き上げるような情念がある。
この詩集の中で私の好む詩「ヘラクレスの懐妊」の第二節の前半を引用する。

わたしのヘラクレスは
いま　ペニスの厖大な塔を眺め
その頂上から　世界の女たちの海へ
落花生のように割れ　しぶきをあげ
堕ちていこうと　息(いき)をつめる
これが　この世にただひとつのこされた
この日常という怪異の部屋に住む　わが
ヘラクレスの　わづかな夢　冒険だ
現ヘラクレスには　かつてギリシャの
OBヘラクレスの　神の祈りも　また怒りも
よろこびもなく　ああ
ソクラテスのいない　猿の広場での
美味しい交尾の舞踊あるのみ

この詩は主題にかかわらず、淫靡でもなければ、猥雑でもない。カラッと乾いた風景がみられる。このような主題の採りあげも、その情緒的でない表現も白石かずこならでは、という感がつよい。私が好む所以である。

## 8

さて、『白石かずこ詩集成』全三巻の第二巻にようやく入ることになる。これから彼女の成熟期の作品を読むわけである。白石かずこが一九七八年に刊行した詩集『一艘のカヌー、未来へ戻る』と一九八〇年に刊行した詩集『風そよぎ、聖なる淫者』に収められている詩はこのさい採りあげないことにする。これらの詩集にもすぐれた作品は収められているが、これらに続いて一九八二年に刊行した『砂族』にこそ彼女の成熟期の作品の特徴がよく見られると考えるからである。

「砂漠の系譜」と題する散文詩は＊印で区切られたいくつかの章から成り立っている。その最初の部分をまず読みたい。

リバーサイドには川がない

一九一一年以来、リバーサイドの川は乾きっぱなしだ。一九八〇年夏、わたしは始めてリバーサイドに現れる。川が乾いて六九年目である。
わたしはリバーサイドが沙漠への入口であることを発見する。と、わたしの内側から急速に砂族というスピリットが活気づき、でていくではないか、沙漠にむかい。

リバーサイド、リバーサイドと呪文を唱え、急速に、砂族、愛すべき、あの乾いた砂粒ででてきたスピリットたちが、でていく、歩いていく、沙漠にむかい。

どこにいてもわたしの思考は沙漠、砂のある方へむかう。乾いた土地、乾いた熱い空気、太陽さえ、カラカラにノドをやかれてしまう土地にむかい、わたしの内なる砂族たちは急速に活気づき、リバーサイドに一滴も水がない事を発見するやいなや、快活に、口笛など吹き、踊りだし、裸足で沙漠にむかい、駈けだしていくのだ。

するとわたしは、どんどん埋もれる。わが砂族におおわれた、わたしの記憶はすでに遠く何万年をさかのぼる。

ここはキャリフォルニアのインディアン、ヤキ族たちの村落のある砂地か、それともサハラの沙漠か、オーストラリア中央部、ウルルの聖地の近くであるか、記憶さかのぼるほどにアイマイである。

おそらくわたし自身が太古になり、眠っているらしい。わたしはタイコの音で、幾度か呼びおこされるが、わたしはわたし自身が砂なる大地になり、眠っているので、容易にこの眠りからさめようとしない。

リバーサイドには川がない。ドライ・リバーサイド、一滴の水もない沙漠の入口であるナゾの土地よ。なぜ入口であるか、なぜ出口ではないのか。沙漠は入口にみちていて、どこにも出口はない。

沙漠とは、はいるところである

はいるものを、こばまぬところである
そして入口は、更に奥なる入口を呼ぶのだ
奥へ、奥へと

わたしの砂族なるスピリットは果敢である。果敢な戦士であるからして、沙漠にむかい、一
旦砂かぎつけるとそれにむかって疾走するが、それがなぜであるかなどわかるものか、それは
狂気でも覚悟というものでもなく、本能なのである。戻っていくのである。
わたしの内側より本来の巣へむかい、野獣のように鳥や魚のように戻っていく。それら砂族
なるスピリットのいっせいにはばたき走る音が、熱い午後には聴こえる　肉眼で
みえないがみえる　ポエジーより太い　遙かに太い　大きな川であるからには
川のかたちした幻影のパワーであるからには

これはまことに奇怪な幻想だが、その幻想が読者を誘う世界は恐怖に充ちている。この独創性が読者に示す世界には情緒もなければ、心のうるおいもない。乾いた砂のようにざらざらした感情に読者はひきこまれる。「わたし」は砂族に属し、沙漠と一体化している。しかも、「わたし」は「わたし自身が太古に」なるという。作者は永遠の時間と一体化している。作者は永遠の時間の中で眠っている一粒の砂に化しているのである。目覚めているときの「わたし」は、砂をかぎつけると、沙漠という本来の巣にむかって本能的に疾走する、という。このような世界を造型できた作者は天賦の才能に恵まれた詩人であると私は考える。

おなじ詩集の中の「蝶道」も私たちにとって未知であった世界を展開して示した傑作である。ただ、百行を超すと思われる、この作品の全篇を引用することは差し控えることとし、全貌を垣間見られると思われる、その一部を引用する。
まず、冒頭の一節である。

わたしのブルーの羽は重たい
アマゾンの
人類未踏の密林の空間
今日も　正確に
光と温度は　あわさり
わが　蝶道は　現れる
みえない　豊かな　透明な
ラインを　つくり

この冒頭の八行だけからも、作者がこの詩において示す世界がまったく私たちの想像を絶した、未知、新規で、独自のものであることが理解できるであろう。途中を省いて、末尾の三節を次に引用する。

わたしは　怖るべき未来へ　むかう時

初めて　わたしにも　ラメのブルーの羽があり
この羽は　軽ろやかにみえ
意外に　重たいのを知る
孤独より　すこし　重たいのである
意志より　すこし　弱々しく　きゃしゃにできていて
扱いには　細心の注意がいる
羽は　透明なガラスより
なまじ　温度があり
呼吸をしているだけに　繊細な
気むづかしさをもっている

それゆえ　わたしは
わが内なる蝶道を　毎晩　かかえて
眠るのである
わたしは
わが内なる蝶道を　いかなる昼間も
内宇宙深く隠し
誰の眼にも　ふれないよう
みまもるのである

あの　幾千　幾百の
ブルーのラメの羽もつ　幻の精霊　即ちわが精神（スピリット）　飛び交う　無の空間の
永劫の　羽音　ききながら

この詩における蝶とは、蝶道とは、ブルーの透明な羽とは、何を仮託しているか、読者は自由に空想することが許されるであろう。それによって、いかに生きるか、について教えられるであろう。しかし、私はそのようなあてはめを試みるより、蝶は蝶とし、蝶道は蝶道とし、羽は羽として、読むだけで、読者は、充分に豪奢、華麗で、しかも恐怖の潜む世界に遊ぶことができると考える。これは白石かずこの名作の一である。

9

一九八三年に白石かずこが刊行した詩集『新動物詩集』には『砂族』の中の何篇かの比類なき傑作とは比すべくもないにしても、私の好む作品が収められている。
その一篇は「猫への思考」である。

わたしは太った猫を憎む
ヒザにのり　目を細め

若くして老いたふりの　髭の薄い尻の大きい
まだらの毛に　ほどよい体温の
重い狡猾な　醜い家康に似た猫を
憎む

本質的に猫の
眼をうかがう眼付きを憎む
そ知らぬふりをする近江商人に化けた
薄気味悪い忍のもの
猫のさかだつ尾に三日月　痙攣して走り
その次に裏の物置につんだ黒い炭に
小便を　かけてジャンプ　この匂
その家の主人　灰になるまでつづく
この猫の落した汁は　悪臭放ち
ひとびとは鼻をつまみ　沈黙する
また
毎夜　これらの猫は　赤ん坊のよがり声あげ
さかりのさかりを乱舞するのは
とても　イヤな音楽だ

悪臭匂う　下ごころ醜い音楽だ

また猫の死がいも
死が来て死なぬ風情の未練のはらわたはみでる様子
これを埋葬するための読経はない

すべての猫属のうち一番卑小なる飼い猫
野良猫に不意の殺意を感じる午后は　秋ならぬ冬の暮も
さわやかな食欲天高く高揚する

いかにも可笑しい作品である。家康や近江商人が登場するのも可笑しいし、どこまで本気で猫を憎んでいるのか分からないほど、憎悪の言葉を連ねているのも可笑しい。これもこの詩人の才気の一部である。

「鯨と話したことある?」は「猫への思考」よりも、詩としてよほどすぐれている。

いつか　サンディエゴで鯨に逢ったの
だまっているけど　わたしのこと
好きなのわかったの

傍(そば)では仲間が沢山　泳いでいた
ふざけっこして　こっちにこいよ
なんて呼びかけてるのに　いかないで
鯨は　わたしの傍にいる

胸がジーンとする
鯨もジーンとしてるのだとわかった
二人とも　瞬間だけど　恋していた
もうすぐ
わたしたち別れなきゃならない　そしたら
もう一生逢えないかも知れないって
予感していたから
二人ともだまってじっと寄りそっていた

神話的な情景である。鯨を恋し、一人の対等の相手とみている。この鯨を人間として読むことは、寓話として解釈することだが、鯨はあくまで鯨として読みたい。神話としての興趣がしみじみと私たちの心に残るから。

10

一九八四年に白石かずこが刊行した詩集『火の眼をした男』からは、まず表題作「火の眼をした男」を読みたい。

彼の眼には　火がある
じっと　みつめられると　熱くなる
寒い心も　冷えてるおなかも
暖くなる
彼は　眼の中にアフリカの太陽をもっている
ズールー王家の誇りもつ男　彼が
革命のあいま　台所のオーブンで
やいてくれた　肉の美味しかったこと
居間では　一歳になった双子のラーとレーが
かわりばんこに泣いていた
火の眼は　やさしく　子たちをあやしながら
子守歌を唄う　暖い
地球が　芯から暖くなる　幸せになる
一瞬が　あった
火の眼をした男の居間に

革命の戦士への讃歌であろう。彼の火の眼によって鼓舞され、地球が芯から暖くなる、という夢想の作である。この詩よりも、次の「男は美しいいきものである」の方が私の評価は高い。

男は美しいいきものである
若くまぶしい　つのの生えかけの牡鹿のような男の
涼しげな　未知の未来をみつめるまぶしい
かげりのある眼も
年をへて　潮の満ち引きをいくども眺め
生きるドラマを果敢な戦士のように
知った鬣（たてがみ）長い無口な牡ライオンの
遥か　地平のむこうをみるまなざしも　その
複雑な音楽きこえる　優しいまなざしも
美しいのである
男が美しいばかりに　女は道化のように
女優のように　何者かを粧（よそお）い　男の
人生の幕間に　飛び交（か）う蝶となるのである

白石かずこはこのように男をみているのだろうか。そうであれば、おとこは愛玩動物のように女性に飼育されるはずだが、女も男の間を飛び交う蝶であれば、男と女の生活は成り立たない。およそ生活感のないことは白石かずこの詩の特徴と言ってよいが、それが何故かをこの詩は語っているかにみえる。「手のひら」も同じように読むことができる。

手のひらは
大きな部屋だった
いろんな　運命の地図をかいた
広い　あたたかい
世界だった

あの男の　手のひらに
つつまれると
もう　わたしにも
わたしは　みえない

手のひらから別れると
わたしは　急に
世界の　そとに　ずりおちる
糸の切れた　流れる星だ

この詩では「わたし」は男の手のひらにつつまれているときに正常であるように描かれているが、逆に「わたし」が男の手のひらを愛玩しているから正常でいれられるのだと解することもできる。男と女との関係はつねに不安定なのである。ここでも生活感は欠けているが、それは白石かずこの詩の弱点だと言っているのではない。特徴だと言っているにすぎない。素直に読めば、これは可憐な女心をうたって読者の心をうつ佳作である。

この詩集にはまた「狼男」と題する作品が収められている。

月夜には狼男が吠える
狼男は　月夜にならなくても
胸の血が湧いて　女のひとりやふたり
かみ殺して白い皿の上にのせ
その血のトマトジュース吸わないと
なんだか愛した気分にならない
女を食べた気分にならない
月夜になるとぼくの歯は白く鋭り
のどがひくひくと渇き
とつぜん吠えたくなるのは
三百年前の祖先の食卓が
恋しくなるからなのですよ

男が心底、女を好きになったときは、しゃぶりつきたい、と思い、いっそ殺してしまいたい、とまで、思うという。愛というものをどう定義するかによるが、愛とは惜しみなく相手を奪うものだともいう。男は、そういう意味で、つねに狼である。そういう愛のかたちを巧みに具象化し、形象化したのが、この詩である。

## 11

一九八四年に白石かずこが刊行した詩集『太陽をすするものたち』の巻頭の詩は「エズナ駅」と題されている。

エズナの停車場が気にかかる
列車の停まるわきのレストランに寄っただけだが
あそこに乗っていた猥雑な生
キツイ眼光をした異邦人たちの群に
わたしは何を　みたのだろうか

死すらも親しい肉のはざまで
魂をナイフのようにとぐものたちよ
血の色に午后の太陽をすするものたちよ

この詩を読み解くことが私にできるとは思わない。猥雑な生を送っている人々、キツイ眼光をした異邦人たちは同じ人々であろう。この人々にはまた、おそらく、死すらも親しい肉と同義であろう。魂をナイフのようにといでいるのも同じ人々にちがいない。魂をナイフのようにといでいるのは、いつでもイノチのやりとりをするのに備えるためであろう。午後の太陽は血の色にそまっているであろう。彼らは血をすするように太陽の光を浴びている。そう読めば、不気味な人々と駅の傍のレストランでたまたま出会って、彼らを気にかけている、というだけのことかもしれない。これは、どうということのない情景から感じた不気味さを表現しただけのことかもしれないし、もっとふかい意味があるのかもしれない。たとえば、エズナ駅がどこの国のどの地方の駅か、また、エズナという町があるのかどうかも、読者は知らないのだから、この詩を読み解けなくても読者の責任ではない。ただ、この詩から、ある種の奇妙な不気味さを感じとれば、それで足りるともいえるかもしれない。

この詩集は「エズナ駅」その他の二、三篇を除き、長篇詩だけで構成されている。そのため、紹介すべき作品を選ぶのは至難なのだが、やはり彼女の資質を窺うことができ、かつ、この時期の作品として私が推奨したい作品を紹介することとし、「島」というかなり長い散文詩を示すことにする。

その島は　砂と石でできている
中央に小高い岩山がある　まわりにちいさな岩があり　そのほかは砂けむりたつ沙漠である
島全体の大きさは数キロ四方である
ここは六十戸あまりの村落がある
アスワンの渡し場からヨットにのり　ナイル川をわたる　途中　石のまるく突き出た岩が水中

から　いくつも顔をだす　それらは　なめらかな円筒型で　人工的にすらみえる　非常に房の豊かなススキがある　葦など　水草も生えている　水の中は　透明で底がみえるようだ　波音は　ほとんどない　時折　帆をはらむにまかせ　ゆっくりと動くヨットの船べりにあたる水音だけである　ここで　波立つことは稀だ　川であるが　どちらが上流であるか　わからぬほど緩慢である　時もまたその緩慢さで動き　何もかも悠揚として　永遠にむかう　あるいは永遠と隣りあわせのようである　ここアスワンの穏かなナイルの向う岸に　いくつか島があるがその中のひとつで　人々がほとんど訪れることのない島がある　島には名称がない　ヌビア人たちが二百数十人あまり住んでいる　ヌビアのヴィレッジである

その島に若いヌビアの男セイッドの船（ヨット）で訪れる　セイッドは　わたしたちが戻ってくるまで船の中で待っているという

日はまだ高い　わたしたちは　そこでセイッドをふりむき手をふり丘へむかう

日ざしが熱くなり　砂は急に金茶からサモンピンクにかわったようである　砂は思う存分　荒涼とし　そそりたつ岩壁の影が真黒く砂地を半分染める　そこから黒い人影が時折　鳥のように現れては　まぶしい日ざしに溶けこみ　次の瞬間には　砂のむこうへ　蜃気楼のように消えていく　これらは幻想である　四十度以上のあつさの中で　しばしば　わたしたちを襲う　あのイリュージョンという奴だ　と思いたい　だが現実が手をかける　わたしの手といわず　腕といわず　腰や　肩や　スカートに　いつのまにか汚れた黒いちいさな手たちが　わたしの服をひっぱり　少し媚びを売る上眼使いの流し目で　鼻にかかった声で「どうぞ」という　五・

六歳の子供が数人ビーズをもって現れ　わたしの行手をふさぐ　わたしの手に無理やりビーズをからませる　その母親が現れ　更に何やら話しかける　彼女もまた腕にいっぱいビーズをもっている　先ほど向うの　そそりたつ岩壁の黒い影の部分から突如　現れ　前面をよぎっていったのは誰だったか　まだ読まない　解きあかされぬ物語のように　よぎっていく　あの美しい人影は何だったのだろうか　どこへ　あの人たちは　どこから現れ　どこへ行くのか　だが現実は　わたしを一歩も前へいかせない　わたし及びわたしたちのまわりにビーズ売りの少女と大人の女たち現れ　わたしは遠景の美しい壺を頭にかかえた夫人を　すばやく通りすぎる鷹のような男を見失う　いくらかの紙幣と交換し　ビーズ売りの一団をまくと　ようやく岩山にさしかかる　ここをのぼるとアスワンを一望にみることができる　と　この村のシェフがいう　アスワン湖が光る海となる　がちょうど入江になっているところに村落が現れる　先ほどの　船着場とちょうど岩山をこした反対側である　そこにいつのまにか誘いこまれ　そこでチャイを飲み　白壁の家に描かれたナゾの画の前で　わたしは眠ってしまうのだが　それが数分か一時間か　わたしは知らない　わたしは急いで島を胸ポケットにいれ　そそくさともう白い家の村落もふりかえらず　正直者のセイッドの待つ船着場にいそぎ　もときた通り　川をすべって向う岸へと戻ったのだが

それ以来　わたしの内側には　四方をナイルの水に囲まれた　ちいさな島があり　島は昼さがり　無人のように人影もないが　時折　鳥が飛びたつように人影が走り　声のない声をあげまた次の瞬間岩壁のようなところへ消える　砂は荒涼としている　どこまでも砂地がサモンピ

ンクに拡がるが　岩山が二つに裂けて割れて両脇にある　この島の中に　ひっそりビーズにまかれたわが精霊（スピリット）をいれ　日に何回　それを撃つことか　そのたびに　わたしの内側でサモンピンクの砂が飛び散り　わたし自身の影が　ゆっくりと巨大な快楽の壁となり　無の方へ　わたしを押しつぶし　消していくのだ　わたし自身が全くみえなくなり　わが存在にあるいは現実に気づくのは　この時である

この詩を読み終えると、キツネにつままれたような奇妙な感じを読者はもつのではなかろうか。彼女が着いた船着場とは反対側の村落で、彼女はチャイを飲み、数分か一時間か分からぬほどに眠るのだが、目覚めると、彼女は「急いで島をポケットにいれ」たという。島がポケットに入るはずもないのだが、最後の節ではもっぱらこの島について語られる。彼女は「それ以来　わたしの内側には　四方をナイルの水に囲まれた　ちいさな島があり」という。彼女は確かに島を、あるいは、島と信じるものを、取って来て、心の内側にかかえている。彼女の表現を借りれば、島の精霊かもしれない。精霊は、ときに、島の全貌を示すかもしれないが、おそらく彼女の内心に棲みついて彼女を支配しようとするのではないか。彼女自身の精霊は島を、島の精霊を、撃つのだが、彼女自身が押しつぶされ、彼女を無の方向へいざない、彼女の存在を消していく。その時点で彼女は現実に引き戻されるのである。これはナイル川に点在する小さい島の魔力を語った、童話のような、冒険の説話である。この作品にみられる白石かずこの豊かな想像力と、想像力が生み出す奇妙な感覚こそ、彼女独自の感性と知性とが読者に提供するものである。これは「砂族の系譜」とか「蝶道」などには及ばないとしても、これらの作品と通じる詩境である。

## 12

白石かずこが一九九二年に刊行した詩集『ひらひら、運ばれてゆくもの』の巻頭に「海燕の声　ふりそそぎ」と題する詩が掲載されている。

一泊千二百円　清潔なベッド
海にむかって　窓がひらく　早朝
光る海の上を　すべっていくのは
舟ではない　あれは
わたしである
どこへ？

わたしすら知らない方向へ　明らかに
でていく　わたしを　その朝みる
わたしは　ここにいて
ここにいない
塔そのものになり　思惟の中で秘かに
屹立するが　一方
すみやかに　この地を去り

遙か透明に　むかい　宇宙そのものと化し
呼吸していく　さざ波　その光る一粒一瞬に
視る　数億分の　わたし　その細胞を

ともかくイメージが壮麗である。「わたし」は本来、この地球上の存在ではない。地球上の存在としての「わたし」はここにいるけれども、本来の「わたし」は屹立する塔であり、また、宇宙の光そのもの、宇宙の微粒子のさざ波をなす細胞なのである。本来の自分の居場所はこんな場所ではないはずだと感じる人は多いはずである。しかし、これほどに壮大に、かつ、美しく、本来の居場所を見せてくれるのは、なまじの才能のできることではない。

13

一九九六年に白石かずこが刊行した詩集『現れるものたちをして』に「バス停」という作品が載っている。

流砂の上に　点
のように　沁みいる影があり
それは　バス停なのである
どこから　どこへ　という標識は　ない

ここでは　目的とか　それから　とか
なぜ　とか
すべての　問い　に　答えるもの　も
いなければ
意味というものも
摩滅して　古い　辞書の中　もはや
ザラザラ　と　石の舌だして　笑うだけ

(頭脳の中にもっていた小さな部屋でさえ
あの風が　どこかへ　飛ばしていった
からには　もう……)

そういって
外に出る　自転車にのる　が　のっても
行く先というのがない　だが　内側へ
引きかえすということも
そこも　また　ない行く先なのだ

バス停は　ひょっとしたら　戸口にきて
たき火をしているかもしれない

バス停は　ひょっとして　イグアナのような
大きい　古代の眼をして　乗客を
みはっているのかも　知れない
そこには　天使が小犬のように伏せて
眠っているふりをしているかも知れないし
姦淫することを怖れたばかりに青いアザに
なった姉のマリア　また
悪魔にもなり得ない汗まみれの汚れた軍靴の
脱走兵　いや　堕天使たちがいて
バス停は　それらを　眼のまわりを　流砂で
砂色に　にじませながら　みて　いる
の　かも　知れない　流砂の上の
点　で　あるものよ
たしかに存在している　その
幻の存在よ

バス停といっても、ここがどこかも、どこへ行くかも、何も教えてくれない。意味のない標識にすぎない。自転車に乗っても、行く先も無ければ、引き返すこともできない。流砂の地帯で、途方にくれているのは、作者である。この寂しく、哀しい情景は作者の心境を見事に描いている。その意味では第三節は余計かも知れない。しかし、堕天使、脱走兵の汚れた軍靴、マリアの青いアザなど、せめて幻の風景を描いて、暗い心情に彩りをそえているともいえるであろう。
　この詩集の表題作「現れるものたちをして」を読むことにしたいのだが、その冒頭の一節だけにとどめることにする。

暗闇の中に　眼をすえると
しだいに　なれてきて　ここがどこだかわかる
土ぼこりの上に　かがむピーチ色の尻をした
王妃が　かがんだまま　こちらをみる
彼女の　またの間から　とき放つ　せせらぎにまざる
力強い　水音がそれにつづく
古代水洗便所が　そこにあり
王妃が前にかがみ　すこし尻をつきだす姿勢だけが
かすかにみえ　あとはみえない
幻聴のように　水音は　したものの
そこは　そのまま　数千年がたち
乾いた土ぼこりと　かつての下水ロ跡のみ
のこっている
外は四十度近い　出ると

真白の花が　わたしの上にかぶさる
廃墟の上に　白い生命たちが　つかのまの
悠久になり　咲きつづけるが　幸い
彼らたちは　言語をもっていない
ただ猛烈な繁殖の本能をもち　無心に
邪心に？　咲きつづける中

読み始めた時は、一見、品の悪い詩のようにみえるが、描写は清浄で、むしろ古代への思いに読者を誘う、美しくも懐かしいような情景が描かれている。これは好ましい抒情詩である。

## 14

白石かずこが二〇〇〇年に刊行した詩集『ロバの貴重な涙より』から、まず「かたつむり」を読む。

そこはラビリンスよ、巻貝になっているの
と　かたつむりの　中へ　どんどん
入っていくのでした　もう　誰にも
彼女は　みえない
白い岬の　窓のようなところに

とても強い風が　たえず吠えつづけていて
光が　まぶしく彼女の魂のまわりを
歩いている　のです
かたつむりの中へ　入っていく道には
新しいノリで封がしてある
　　ここより先　通行禁止

彼女は迷路をさまよい、吠えるような強い風にふかれ、その魂を光にさらしながら、歩き続けているのだが、ついに、この先へは行けない、通行禁止の場所まで行きついてしまう。作者が迷路にふみこみ、どこへ行くべきか、分からない状態にある。その孤独で寂しい境遇を平静な譬喩によって表現した秀作である。

次に「蟻の心臓」を読む。彼女は晩年にさしかかっている。しかし、思考力、制作欲は依然として旺盛である。

もし　蟻に心臓があればのことだが
巨きい男ほど　心臓はちいさくて蟻くらい
蟻ほどの悩みが巨大になるからだ
わたしは今日もロバの貴重な涙を探しにいく

どこにもないのは　よく知っている
それでいて　どこにでもあるのだ
それがわたしには　みえない　探せないのだ
なぜ　執心しているのか　わたしにも
ロバにも　わからない　ましてわたしと
ロバの関係は
ドン・キホーテのことはよく知っている
ロバにのって　とんでもない風車にむかって
人生を吹き飛ばされ　破片になってしまった友人たちを　彼らは
蟻の心臓などしていなかった　覚悟というもので生きていた　生きているときも
　　死んでからさえ

白石かずこはドン・キホーテを愛し、ドン・キホーテと同じような覚悟をもつ友人たちを愛し、彼らの偉大な心臓を敬慕している。蟻の心臓を言い、巨きい男の心臓の大きさからこの詩を始めたのは彼女のレトリックである。まことに巧みな導入部であり、詩の語ることは私たちの心に迫る偉大な、彼女が「心臓」という、魂、志をもつ人々への共感である。白石かずこは確実に成熟してきたといってよい。

## 15

白石かずこが二〇〇三年に刊行した詩集『浮遊する母、都市』から表題作「浮遊する母、都市」のかなりの数の断章の中の二節を示す。

この頃　母は食事するとき　片手をだらしなく床（ゆか）におとす　か　ハンドバッグにしまうらしく
何も　みえない
彼女は優雅にフォークとナイフを使うのを忘れ　箸とかスプーンで荒ら荒らしく食物の山を
くずしはじめる　鶯が鳴いているようだ　鶯もまた　うんだ卵をけちらし　種の保存を憎悪す
る　牡同士で　愛しあう習慣をいつのまにか身につけ

あるときから　人間は浮遊し　生と死の境をお花畠のように往き来する　新聞の記事の　あち
こちに穴があいていて　そこから　菜の花の黄色やタンポポの羽毛が飛ぶのがみえる

これが白石かずこの生活空間である。幻覚として現実に存在する生活空間である。この詩集のなかの作品から「行く」を読む。

行くことです　行くという動詞をかかえて　どこまで行こうか　足を連れ　頭脳を連れ　心を
連れ　少々の路銀を連れ　足袋のかわりに　はきよい靴　はきなれた言語と　不自由な他言語

少々連れて　行く　と決めることは墓場までの　距離のあること　と同時に　その先までも
勝手に　行くが　ひとり歩きしてしまう　抽象の行くをひっそり抱きかかえてのことだが
行く　は　毎朝おきると　足許　胸許に　犬のように忠実にやってくるので　この動詞を連れ
て　疲れてやしませんか　スケジュールオーバー？　そんな外部の声はきかずに
きくこともあり　行く　という動詞は
悲哀かな　元気かな　エネルギーにみち　理想かな　夢、いや悪夢、夢ならぬ現実の夢

これが白石かずこの夢想である。この詩にみられる才気にわたしは驚嘆する。

## 16

『白石かずこ詩集成』に収められている最後の詩集は二〇〇四年刊行の『満月のランニング』である。この詩集の中から私は「インティマシー Intimacy 親密になれない」を選ぶ。この詩がこの詩集に収められた詩の中でもっとも秀逸だからというわけではない。しかし、私が好きな詩であり、作者の心情に共感するからである。

なりたかった　ホントのところ
インティマシーになりたかった

恋愛ともちがう恋愛　いや　親密
愛してるコトバを使わずに　愛して
セックスしている以上に　そんなことしないで
まるでセックスしてる日常をもってる
それが風みたいに感じられる間の二人のように
自然に　ホントは深いところで
感じ　互いに気にいって　わかりあってる
でも　コトバなんて要らない　そんな関係の
ひと　を　池で釣ってみたいな　と
おもったが　イルカはスイスイと泳いで
ときに　みえなくなるほど深くもぐり
バシャッと　ハイジャンプする
その　器量よしの顔の　くったくなさには
ただの　人間の方が　まける

自由なIntimacyって　人間がイルカに
なることかも知れない　イルカの聡明さ
そこには　まったく苦悩が見えない
いや　苦悩などを　みせない　みえないほど

彼らは誇り高く　遙かなところで
イルカ語で　会話している仲間と
そのインティマシーぶりときたら
人類は秋の地球で　親密にも　みはなされ
足の折れたコオロギのように泣くばかり
あら、草むらで　誰かが鳴いてるわ
インティ、インティ、イン　ティ　マシーと

恋愛よりも親密さが欲しいという心境は、さすがの白石かずこもそういう年齢に達したのか、と疑いを抱かせる。この率直な心情の告白が私の心を揺すぶったのである。

こうして私は白石かずこの詩集を読んできた。何よりも、彼女の詩には、通常の市民の日常茶飯がまったく、詩の素材にもなっていないし、詩作の動機にもなっていないことに私は感銘をうける。そのことはまた、彼女の詩が日本という国の陰湿な風土とはまるで違った世界で展開しているということと無関係ではない。日常性がないという点で、いわば石垣りんと正反対の極にいる。また、彼女の日常が描かれていないだけでなく、彼女が住んでいる西荻窪という町の匂いも、東京という都会の匂いもない。ついでにいえば、社会性もなければ、政治性もない。アメリカとかナイルとか、そういう地球上に存在する場所だけでなく、砂族のような、架空の土地が彼女の詩の動機となり、素材となっている。

そういう意味で彼女はコスモポリタンであり、彼女の詩はコスモポリタンの詩である。彼女は、人

間をうたい、描く以上に、じつにさまざまな動物をうたっている。それはヒトの中に動物性を見出しているからであると思われる。これは多くのばあい、彼女のヒューマニズムの表れのように思われる。また、彼女は、男根とかペニスとかいった言葉を作品の中でしばしば用いる。対応する女性の性器に関する言葉は用いられない。これは彼女が淫者といった言葉を用いても、彼女の詩が淫らではないし、猥雑、淫靡でないことにも関係するかもしれない。彼女の作品は、そのような言葉が用いられていても、セクシュアルではない。フィジカルでもない。しいて言えば、メタ・フィジカルなのである。

私は白石かずこをまことに特異な詩人であり、貴重な存在である、と考える。

新川和江

1

新川和江の第一詩集『睡り椅子』は一九五三年に刊行されている。『新川和江全詩集』ではじめて私は手にした。この『全詩集』の巻頭に収められている『睡り椅子』の第三作目に「君よ　籐椅子のやうに」という詩が掲載されている。次のとおりの作品である。

君よ
籐椅子の様にわたしを抱いて
此のみどりの藤棚の下でねむらせて下さい

夏の日の午睡のひとときを
世界中におそれるものの
何ひとつとてない此の誇らかな幸福を
静かに眠りつつ夢みたいのです
静かに夢みつつ楽しみたいのです

やがて

むらさきの花房が
音もなくしづしづと垂れてくるでせう
頬といはず胸といはず腕といはず
はては二重顎のかげの頸筋にまで捲きついて
おお　わたしの体はむらさきの花房まがひ！
わたしは眠りながらほのかに微笑して
その花のひとふさを握らうとします
するとまあ　それはあなたの
やさしい腕　あたたかな抱擁

限りなき幸福よ
何おそれよう　藤棚の毛虫を
花散らす秋風を　移りゆく季節を——
花房は君が腕
籐椅子の様に安楽なる君が腕ゆゑ！

作者の若いころ、二〇歳になるかならずの時期の作ではないかと想像する。これは恋愛詩である。
近代詩において、恋愛詩は多くのばあい、失恋の詩であり、叶わぬ恋の詩であった。私の知る限りの
すぐれた詩の中には、「君よ　籐椅子のやうに」のように、手放しで、成就し、愛されている幸福を

うたった詩はない。これは、たぶん、戦後の女性の自主性、自立性とも関係するだろう。それにもまして、読者の想像力を刺激する、妬ましいほどに美しい情景描写は、作者の天分を表していると思われる。女性に限られない。男性でも、誰でもこんな体験を持ちたいと夢想するにちがいない。若々しく、爽やかな抒情詩である。

2

新川和江の第二詩集『絵本「永遠」』は一九五九年に刊行されている。私はこのころに新川和江という詩人の名前を聞いたように憶えている。作者は三〇歳をわずかに越えていたはずである。この詩集に「誕生」と題された詩が収められている。次のとおりである。

あたらしい空間を満たすべくおまえはやって来た
あけがたの雲が薔薇いろの光を帯び
空気がやさしい漣をたてたとき
突如おまえはあらわれて
おどろくママに
可愛いピストルをつきつけたのだ
おお　懼れなしに　悔なしに

抱きしめることが出来ようか　この
脈うつ小さな〈生〉の塊りを
わたしの罪　わたしの無謀
かわいそうな子よ
おまえの背なかに
天使まがいの翼をつけてあげるのを
ママはすっかり忘れてしまった
わたしの罪　わたしの無謀
あんまり先をいそいだので
おまえのちいさな掌に
詐術の木の葉を握らせるのを
ママはすっかり忘れてしまった……

外套も持たず　靴も穿かず
いくつものつめたい冬を
おまえはどうしてよぎることか
おまえはいくども躓いて
そのたびに爪先を傷め　あかい血を滲ませることだろう

生とは
たえず支払うこと
たえず追いかけられること
おまえは怯え　息をきらし
路傍の苦い草の穂を
どんな思いでかみしめることだろう

けれどおまえは無心に眠る
これが今日の支払いだとでも言いたげに
はでに大胆に襁褓を濡らす
そうしてみごとな泣声で
夜をひきさき
不敵にも
おまえは全世界に号令をかけるのだ

これは出産の経験をもつ母親でなければ書くことができない詩である。第一連では薔薇色の雲、漣を立てる空の下、赤子が出現する。第二連では、懼れなしにこの子を抱けるか、と言うのだが、同時に悔いなしに抱けないと言い、さらに作者は罪と言い、無謀と言うのだが、そういう感情をもつものなのかと教えられる感がある。第三連ではこの子の将来を思い煩い、第四連では、生とはたえず支払うこと、たえず追いかけられること、という箴言が語られる。たえず支払うとは、私たちの人生ではつねに社会ないし人間関係において果たさなければならない義務を負っているということだろうし、たえず追いかけられるとはそうした義務に追いかけられている、といったほどの意味ではないか。要するに、この子も成長するに従い、多くの義務や負担を強いられることを母親として気づかっているのである。最終連で襁褓を濡らし、泣き声を立てる子を見やって、この詩は締めくくられている。

これはたぶん現代詩で初めてうたわれることになった、出産にさいしての母親の心境を描いた詩である。出産の苦しみ、安堵感、充足感などを詩に書くことは必ずしも稀有でないとしても、ここまでの広い視野から出産をうたっている詩は作者特有の業績であると私は考える。

## 3

一九六三年に刊行された新川和江の第三詩集『ひとつの夏　たくさんの夏』からは私の好きな短い作品を一篇だけ紹介したい。「わかい娘に」と題する詩である。

なぜ立ちどまるのか　かわいい鬼よ
〈今日〉をつかまえ　〈明日〉を追いかける
しなやかな脚の　若い鬼よ
なぜふいに立ちどまるのか　森の出口で

散りかけた夾竹桃の木の間がくれに
忘れがたい麦藁帽子がちらちらしても
声をかけてはいけない
ほら　そのように
すぐに優しく涙ぐんではいけない

少しばかり美男で　無口で
むすめごころを惑わせるけれど
それは〈昨日〉の色あせた幻影だ　うしろ姿だ
時として若い心にしのびこむ
メランコリーというやつだ

早く行きなさい　感じやすい鬼よ
〈今日〉にキッスし〈明日〉にプロポーズなさい
道がまぶしく光っているうちに
行きなさい早く　手の鳴るほうへ　未知の森へ

これは人生訓である。若い女性に未知の明日の森に向かって歩み出せと説いている。未知の明日には何が待っているか、分からない。未知の明日を若い女性が懼れるのも当然である。若い女性が未知の世界へ踏み入れるのを躊躇することは理解できる。しかし、未知の森へ入れ、と新川和江は勧める。ただ、私たちは、社会の生活においてつねに未知の明日に直面し、明日を生きていかなければならない宿命を負っている。事実、積極的であると消極的であるとを問わず、若い女性も年配の男女も、いつも明日の運命を知ることなく、生きているのである。だから、この人生訓は当然すぎるほどのことを言っているにすぎない。しかし、作者は消極的な女性を多く目にしているのであろう。だから、こういう忠告をしなくてはいられなかったのであろう。ついでにいえば、この詩は、修辞が巧みなので、一見したところでは人生訓にみえない。そのために、かえって読者に訴えるのである。いったい、新川和江は言葉を自在に操ることに非常な天分をもっているようである。いかなる苦労もなしに彼女が思うこと、感じることを表現できるらしい。そのために、彼女の詩は一読、胸におちるのであろう。

4

新川和江の次の詩集は『比喩でなく』である。これは評判の高い詩集であった。表題を採られた「比喩でなく」を読む。

水蜜桃が熟して落ちる　愛のように
河岸の倉庫の火事が消える　愛のように
七月の朝が萎(な)える　愛のように
貧しい小作人の家の豚が痩せる　愛のように

おお
比喩でなく
わたしは　愛を
愛そのものを探していたのだが

愛のような
ものにはいくつか出会ったが
わたしには摑めなかった
海に漂う藁しべほどにも　このてのひらに

わたしはこう　言いかえてみた
けれどもやはり　ここでも愛は比喩であった

愛は　水蜜桃からしたたり落ちる甘い雫
愛は　河岸の倉庫の火事　爆発する火薬　直立する炎
愛は　かがやく七月の朝
愛は　まるまる肥る豚……

わたしの口を唇でふさぎ
あのひとはわたしを抱いた
公園の闇　匂う木の葉　迸る噴水
なにもかも愛のようだった　なにもかも
その上を時間が流れた　時間だけが
たしかな鋭い刃を持っていて　わたしの頬に血を流させた

愛とは何か、定義することは難しい。仏教語としては執着のような否定的なニュアンスの意味だし、キリスト教でいえばアガペー、エロスといった意味だといわれる。それらもさらに説明を必要とするかもしれないが、日本語の「愛」はこれらの仏教やキリスト教における意味とはまた違った意味で使われている。愛は芽生え、熟し、しかも萎えてしまうこともあり、燃える炎のようになることもあれば、熾（おき）のようにくすぶったり、そのまま消えてしまうこともある。愛は育つこともあれば枯れることもあり、うるおうこともあれば涸れてしまうこともある。愛は捉えどころがないふしぎな生物に似ている。愛は「比喩でなく」捉えることができない。「愛」は傷つきながら時間の流れの中で体験する以外に確かめることができないのだ、と作者は語っているようである。このような抽象的な主題をあえて詩で造形した作者の技量は非凡としか言いようがない。彼女は、人情、といって誤解を招くなら、人間関係の感情、情緒に通暁している。そういう人間の感情を熟知していることから、彼女のすぐれた作品の多くが迸りでるように私には感じられる。

やはり作者の代表作の一と目されている「わたしを束ねないで」を読む。同じ詩集『比喩でなく』

所収の作である。

わたしを束（たば）ねないで
あらせいとうの花のように
白い葱のように
束ねないでください　わたしは稲穂
秋　大地が胸を焦がす
見渡すかぎりの金色（こんじき）の稲穂

わたしを止（と）めないで
標本箱の昆虫のように
高原からきた絵葉書のように
止めないでください　わたしは羽撃（ばた）き
こやみなく空のひろさをかいさぐっている
目に見えないつばさの音

わたしを注（つ）がないで
日常性に薄められた牛乳のように
ぬるい酒のように

注がないでください　わたしは海
夜　とほうもなく満ちてくる
苦い潮(うしお)　ふちのない水

わたしを名付けないで
娘という名　妻という名
重々しい母という名でしつらえた座に
坐りきりにさせないでください　わたしは風
りんごの木と
泉のありかを知っている風

わたしを区切らないで
,(コンマ)や・(ピリオド)いくつかの段落
そしておしまいに「さようなら」があったりする手紙のようには
こまめにけりをつけないでください　わたしは終りのない文章
川と同じに
はてしなく流れていく　拡がっていく　一行の詩

これは女性の自主、自立を説き、女性の立場の自衛を訴えた詩であり、それこそ譬喩の巧みさをの

ぞけば、いまさらという感が強いのだが、欧米先進国に比べ、まだまだわが国の女性の社会進出は遅れているようである。愉しく読み過ごしていい作品ではない。

## 5

『土へのオード13』は一九七四年に刊行された詩集である。そのⅠ部にも好きな作品があるが、そのⅡ部をなす「土へのオード13」から「5」をまず引用したい。

せり
なずな
ごぎょう
はこべら
ほとけのざ
すずな
すずしろ……

春の草のことなら
なんでも知ってる　春の土

はぎ
おばな
くず
おみなえし
ふじばかま
ききょう
なでしこ……

秋の草のことなら
なんでも知ってる　秋の土

わたしもなりたい
春秋をゆたかにかかえた
ふところの大きい土に

誰もが春の七草、秋の七草を知っているかもしれない。私がそれらの草を知っていると言ったのでは、あまりに当り前すぎて、もちろん詩にならない。しかし、これらの草を知っているのは「土」だと作者は言い、これらの草をかかえるには大きなふところが要る、そんな土のような大きい心をもちたい、と作者は言う。この詩には目を瞠るような発想の見事さがある。詩の素材はどこにでもあるが、素材を使いこなして詩に仕立てるのは才能である。それに、おそらく素材、この詩で言えば、春の七草、秋の七草への愛情のこもった眼差しである。
おなじ「土へのオード13」から「10」も紹介したい。

人間は　ついにさびしいのだ
土に　わが身を返済しなければ

シドミが咲いている
オギョウが咲いている
コケリンドウが咲いている
ツクシが胞子をとばしている
ショウジョウバカマが咲いている
死んだひとびとの思いが
今やっと　咲いている

アリが匐っている
ムカデが匐っている
アオイロトカゲが匐っている
ヘビが匐っている　若いヘビが藪から藪へ

ミイデラゴミムシが匐っている
ひとびとの怨念が
目もさめる素早さで

うららかに日が照っている
よいお天気だ

晴天の下、作者は花々の咲くのは死者の願いによるのではないか、虫たちが匍匐するのは死者たちの怨念によるのではないか、など空想をめぐらし、これは土に咲く草花や土を匍匐する虫たちと違って、私たちは土に負うことが多い、いわば土に負債を持っているのに、その返済のために土に身を寄せることがないから、寂しいのだ、とつぶやく。そして、花々や虫たちの生態を思い描き、ふりかえって、今日はよいお天気だ、と思いを新たにするのである。言葉はやさしいが、思弁的な作品である。

6

『火へのオード18』は『土へのオード13』に続く、作者の成熟期を代表する詩集である。これは一九七七年に刊行されている。その「1」を是非お読みいただきたい。

終(つい)の日のわたしを焼く
千の火をご用意くださっているのなら
いまください　小分けにして
日にひとつずつ炎をください
わたしのからだがまだ柔かな蠟であるうちに

わずかなその火で
わたしは熱いよろこびの涙を止めどなく滴らすでしょう
部屋の隅隅にまで光をゆきわたらせ
春の野のよう
肌いちめんに花を咲かせもしましょう

ひとかけらのパン屑をついばむ
アッシジの僧院の庭雀のよう
その火でふっくら太りもしましょう
街街(ちまたちまた)の屋根から廂へ
お恵みの豊さを布れても回りましょう
またしゃっきりと背すじ伸ばして

岬に立ち
闇の潮路に行き悩む船たちを照らしましょう
わたしは標識(めじるし)となると同時に
かなたの岸　見えない岸辺をこの目で確と見とどけましょう

わたしを焼く火が
終の日に最早すこしも残っていなかったら
むくろはそのまま沙漠に捨ててください
わたしはわたしを　十全に燃やしつくしたのです
朗らかに歌いながら沙漠に捨てに行ってください

この詩は発想の奇抜さ、独自さで私たちを驚嘆させたが、この発想の独創性に見合う、格調の高さ、調べのなだらかさにおいても、感銘がふかかった作品である。ただ、この詩にはロマンティシズムがあり、また、ナルシズムも潜在しているように思われる。こうした性格により反感をもつ読者や共感できない読者がいてもふしぎではないが、それらもまた、この詩の魅力の一部をなしていることも否定できないのである。

7

『火へのオード18』が刊行された翌々年、一九七九年、『夢のうちそと』と題する詩集を刊行している。この詩集に「水」という詩が収められている。

泣いているのか　夜更けの台所で
ぽと　ぽと　と垂れる水滴
陽の目も見ずに
暗い下水道へ流れこまねばならぬ運命を

コップに受けよう　深い大きなバケツにも
おまえはいつだって　今がはじまり
いま在るところが　みなもと
どんなに遠くからやってきたとしても

わたしを通ってゆきなさい
わたしはそれで活力を得て一篇の詩を書きます
あしたになったら
ユリの茎のリフトを昇ってごらんなさい
階上には聖なる礼拝堂がある
それとも庭にくるキジバトに飲んでもらって

思いがけない方角の空に飛んで行く?

ああ　わたしがときどき流す涙も
ぜひそのようでありたい
萬象(ものみな)のいのちをめぐり
悲しみの淵をほぐし
つねに　つねに
天に向って朗らかに立ち昇ってゆく……

本来ならば、私たちの暮らしを支えているのに、暗い下水道に流れこまなければならない、水、に対して、もっと水にふさわしい未来を与えてあげたい、わたしがときどき流す涙も、暗い下水道へ流れこむのではなく、天に向って朗らかに立ち昇っていってほしい、といった思いを述べた作である。つまり、恵まれない運命に支配されているものたちへのつよい同情、そうした運命に対する抗議の気持をうたった詩である。ここには新川和江のヒューマニズムを見るべきであろう。
おなじ詩集に「赤いタオル」と題する小品が収められている。

旅をして帰ってくると
山が紅葉してきれいだったでしょうと
その地方出身の知人が言う

――ぬるで
　いぬたで
　どうだんつつじ
　ななかまど
郷土自慢をするように
紅くなる葉を数えあげる

――窓のてすりの赤いタオル
とわたしは心で言い添える
線路沿いの
お粗末だが新築のアパートの
二階の窓に干してあった
赤いタオル

なんという町か知らない
東北の小さな町の
その町からもこぼれて建った
ちいさなアパートのちいさなひと間(ま)の
ちいさな暮し

その赤が　なぜか一番
目にしみて　わたしは座席で泣いたのだけれど
言えなくて
――ぬるで
いぬたで
どうだんつつじ
ななかまど
そう　きれいでした！　と言う

私には新川和江は人情に厚い人のように感じられる。この詩を読んでほろりとする読者は少なくないだろう。これも弱者によせる作者のヒューマニズムの作である。

**8**

『水へのオード16』は一九八〇年に刊行された詩集であり、『土へのオード13』『火へのオード18』に続く三部作の最終詩集である。その「16　源流へ」を引用したい。

若者は歌えない

〈多摩川のさらす手づくりさらさらに何ぞこの児(こ)のここだ愛(かな)しき〉
と歌ったのは
千年前の武蔵国(むさしのくに)の若者です
透き徹った水がよどみなく流れていた時代の川のしらべです
多摩川は痩せ　汚れ
白いふくらはぎまで漬かって
手づくりの布をさらす娘も　もういない

歌えぬ若者をひとり待って
ある秋の日
奥多摩で流れをせき止めている小河内(おごうち)ダムを見に行きました
東京への給水と発電を目的に
一九五七年完成した
非溢流型直線重力式コンクリートダムです
「ものものしい堰堤だこと　まるで城塞のよう」
「雑兵みたいに動員されて　出を待っているわけですね
まわりの山の沢筋を伝って降りて来た水も
天からじかに来た水も」
「ひとつの村を湖底に沈めている水にしては　いやに無表情ね」

「人間だって　大資本下の組織の中に組み入れられれば
三年もたたないうちに　あんな表情になってしまう
ぼくなんかまだ学生だけれど　すでにしてそうです」

「水がいそいそと働いていた頃のことを　わたしは知っているわ
粉碾き小屋の水車を回しに
水が筋肉をもりあげてわれがちに水口へ躍りこんでくるのを
ほれぼれと眺めたものだった……
春浅い頃だったから　あの時小屋で碾いていたのは
桃の節句につく草餅用の糝（しん）粉だったのでしょう
そば粉　小麦粉　きな粉　香煎　白玉粉
村人たちが笊に入れてかかえてきた原料を
水の助っ人にたすけられて
粉碾き小屋のおじいさんは　一日じゅう粉を碾いていた……」
「このごろのそば屋のそばは
ほとんどが輸入粉だといいますよ
さっきあそこで食べたのだって　どこの粉だかわかりゃしません」
「もっと奥へ入ってみましょう

この人造湖に流れこむ前の水を見に」
丹波山（たばやま）村という一握りほどの村落に辿りつくと
背後にせり上った山から
潺湲と走ってくる谷川に出会いました
「少年のような水ね　なんという無心な流れ方！
もうじきダムへ集団徴用されるのも　知らないで」
「スキップしてる　まだ小学生だ」
原生林をくぐり抜けて
いきなり明るいところへ出たのが　うれしくてならぬ様子です
しめじをとっての帰りらしい村のお年寄りに
多摩川の下流から訪ねて来ました　と挨拶すると
満足そうに頷いて　話してくれました
「もうちょっと行けば　大菩薩峠ですよ
向う側へ落ちる水は山梨県の笛吹川に注ぎますが
ここらあたりはまだ東京都で
これは丹波川　多摩川の源流です」

「TABAGAWA！」
たどたどしいが　しかし力のこもった声で

その時連れの若者が発音したのです
最初に名付けてそう呼んだ　大昔の奥多摩人のように――
ＴＡＢＡＧＡＷＡと唱えるたびに
夜が明けるように明るくなってゆく若者の表情を
目ざましい思いで眺めつつ　わたしは呟きます
「とうとう探りあてたのね　多摩川という笛の歌口を」

斎藤茂吉に「ドナウ源流行」というすぐれた随筆があるが、私たちは川を見てその源流を思うことは多い。川の源流はいわば私たちの生活を支える源だから、その源を探ることは私たちの生の源を探るに等しい。それだけに私たちに好奇心を起こさせるのである。しかし、源流を訪ねることは通常は容易でない。この詩を読み終えると一種の充足感、達成感を読者は覚えるであろう。それは源流を訪ねることが至難だからである。

この作品にはかつての水車の話とかそば粉の輸入の話とか、あるいは不要なのではないかと思われる挿話が盛り込まれているが、おそらく不要と思われる個所がこの作品に奥行き、ふくらみをもたらしているのである。また、下流における汚染に言及していることから見ると、文明批評を意図しているかにもみえるのだが、文明批評を試みているわけではないと考える。源流を探る心のときめきが主題をなすと解すべきであるというのが私の解釈である。なお、まだ学生という若者がわき役として登場しているので、あるドラマを見ているような立体感を感じさせる。これも作者の詩人としての技巧の冴えといってよい。

これは三部作の最後をかざるにふさわしい力作である。

9

新川和江が一九九〇年に刊行した詩集『はね橋』の表題となった作品「はね橋」は次のとおりである。

明けがたの
浅い眠りのなか
夢ともつかず　うつつともつかず
まぶたの裏のはるか彼方で
音もなく　ゆっくりとあがる
はね橋がある

ふしぎだ
つい先頃までは
踏切りの遮断機のようなものが
目の前にガシャと降りてきて
血の色をしたシグナルが

目まぐるしく点滅し
警報器がやかましく鳴りたてていたのに

橋の下には流れがあって
エンジンの音をのどかに響かせながら
通ってゆく川船もあるのだろう
いずこへ通じる水路なのか
空も水も
眠たげな春の霞にぼかされていて
杳として見きわめがたいが

お通り　すきな時にお通り
というように
遠い所で　今朝も
ゆっくりと　音もなく
はね橋があがる

私たちが踏切の遮断機に通行を妨げられて迷惑するのは始終経験するところだが、作者は明けがた、夢ともつかず、うつつともつかぬ、浅い眠りのなか、たとえばオランダの運河を船で移動しているらしい。はね橋が上がって、お通り、という。その快さに、こういう状態が続くことを願っているのだろう。だが、オランダであれば、はね橋の代わりに、運河の通航の遮断機が動作することもある。はね橋が上がって、お通り、といわれたような心地よさをうたったこの詩は私たちのつねに期待してやまぬことだが、これは浅い眠りの中でしかおとずれない、と作者は教えてくれている。

10

『春とおないどし』は一九九一年に刊行された詩集である。『新川和江全詩集』では「抄」としてその一部を省いているようである。省かなかった作品に「こがらし」がある。

こがらしが吹き過ぎて行ったのは
街路樹の梢と枝と　家々の軒先ばかり?
いいえ　わたしの髪と肩と
それから心にもかくじつに触って行った
こがらしが持ち去るものに追いすがろうと
枯葉が路上をころがってゆく
ちいさな叫びをあげながら
わたしの心も　追いかけてゆく
けれどこがらしは

振り返らずに行ってしまう
この先はもう
自分ひとりが行く旅路なのだ　というように
くらい空に
ひゅうひゅうさびしい口笛を吹いて

こがらしが、わたしの心までさらっていったので、わたしはこころに追いつくためにこがらしには追いつかない、という発想が独創的である。だが、こがらしにもっていかれた、わたしの心はどうなるのだろうか。空虚だ、ということなら、それはそれで興趣がある。

## 11

『はたはたと頁(ページ)がめくれ…』は一九九九年、つまり二〇世紀の終わりに新川和江が刊行した詩集である。その冒頭に「詩作」と題する詩が掲載されている。

はじめに混沌(どろどろ)があった
それから光がきた
古い書物は世のはじまりをそう記している
光がくるまで

どれほどの闇が必要であったか
混沌は混沌であることのせつなさに
どれほど耐えねばならなかったか
そのようにして詩の第一行が
わたくしの中の混沌にも
射してくる一瞬がある

それからは
風がきた　小鳥がきた
川が流れ出し　銀鱗がはねた
刳(く)り舟がきた　ひげ男がきた　はだしの女がきた
木が生えてみるまに照葉樹林ができた
犬が走ってきた　驟雨がきた　修行僧がきた
砂糖壺がきた　スズメバチがきた　オルガンがきた
室内履(スリッパ)がきた　白黒まだらのホルスタインがきた
急行電車がきた…

脈絡もなくやってくるそのものたちを
牧人のように角笛を吹き

時にネコヤナギの枝の鞭をするどく鳴らして
選別し　喩の荷を負わせ
柵の中に追い込んで整列させる　一日の労役
それが済むと
またしても天と地は
けじめもなく闇の中に溶け込み
はじまりの混沌にもどる
だから　光がやってくる最初の日のものがたりは
千度繙いても　詩を書くわたくしに
日々あたらしい

よくここまで自分の詩作の方法を順序立ててお書きになれるものだと私は感心する。私はこのような秩序だった詩作をしたことはない。私自身は詩作にさいしてまったく意識的ではない。言葉が自然と湧いてくるのを待つばかりである。新川和江の作品にみられる高度な表現の巧みさはこのような意識的な手法で書かれていることを教えられ、読み過ごすことのできない作品である。だが、同時にどのような「光」を捉えるかも問題であり、その「光」の性質が彼女の作品の特徴であると私は考える。おそらく、それは人情といってもよいし、ヒューマニズムといってもよいし、人間愛といってもよい、そういったものと私は考えている。それにしても「混沌は混沌であることのせつなさに／どれほど耐えねばならなかったか」というような詩句には感嘆の念をふかくする。

おなじ詩集の中の「さびしい朝」を読む。

ひと晩のうちに
友人や知人　死んだ肉親たちまで
賑やかにあらわれた夢からさめた朝は
じぶんの通夜か
告別式に立ち会って帰宅したようで
なんだか　へんに　さびしいな
あの世からきた人たちのほうが
この世の人より　みょうにいきいき
采配を振っていたのは
どうした加減なのだろう
とびきり機嫌のいい日にさえ
あんな高笑いはしなかった父の笑い声が
耳朶のあたりにまだ貼りついている
さて　これから
もう何年も着ているガウンを羽織り
いつものように
コーヒー・サイフォンがポコポコ音を立てている

廊下へ降りて行くべきか
それともどこか
目立たぬ所にかかっているらしい
べつの階段を探すべきか
そんな出口が　どこかにきっとある筈なのだ
今しがたまで夢の中にいた
父だって　若やいで嬉しそうにしていた母だって
生きていた頃はこの家に棲んでいて
そうしてある朝　ふいにここから出て行ったのだから
そんなことを考えながら
天井を見回したり
じいっと　じいっと　ドアを見詰めたりしている朝は
いつもと同じ朝だのに
なんだか　やけに　さびしいな

これが新川和江の人間愛の詩である。それらの人々は彼女の身内であり、親戚であり、友人、知己であり、彼女が見かけるその身辺の人々である。

12

『新川和江全詩集』に「幼年・少年少女詩篇」という項目が立てられており、この項目の中に『明日(あした)のりんご』『野のまつり』『ヤァ! ヤナギの木』『いっしょけんめい』『星のおしごと』『いつもどこかで』の六詩集が収められている。ざっと見ただけでも数百篇はあるようにみえる。驚くべき数の作品であり、これらはたぶん注文に応じて書かれたものだろうが、作者は幼年・少年少女に向けた作品だからといって、質を落としていない。読者に解りやすく、ということは考えていたにちがいないが、詩の本質をいささかも損ねていない。これも驚くべきことである。これらの詩集から多くを選ぶことは作者の本意ではないかもしれないので二篇だけ紹介する。まず『野のまつり』の中から「おかあさんの膝」を引用する。

おかあさんの膝には
やさしい陽だまりがある
縁側でひるねをする猫のように
わたしも時折
その陽だまりの中にまぁるくなって
うとうと　眠りたい

おかあさんの膝には
たんぽぽの咲く土手と
つくしののびる広い野原がある

いまでもひとりの女の子が
わらべうたを歌いながら
かがんで花を摘んでいる

おかあさんの膝には
老いてうすくなっても
庇護と許容の大きな屋根が用意されている
世界じゅうから爪はじきにされた罪びとでも
そこでは迎えいれられて
あたたかい愛の涙で洗われる

いつでも帰ってゆけるふるさと
だれもが帰ってゆくふるさと
お母さんの膝

もう一篇は『ヤァ！　ヤナギの木』に収められている「風の孤独」を紹介する。

誰か　あの
風の叫びを聞いてやってください

たけりくるう背中をなでて
なだめてやってください
風は　ほんとうはさびしいのです
持って生まれた
どうしようもない自分の烈しさを
振りきろうとして　あのように
風はがむしゃらに駆け回っているのです
かれの烈しさは　木々の梢を
ひきちぎってしまうほどのものであるので
疲れてひととき休もうにも
腰をおろす　てごろな枝さえないのです
泣き声をあげて
冬じゅう　夜も昼も
雪山を駆け回るしかない
風の孤独をわかってやってください

これらの詩は少年少女の情緒をはぐくむだけでなく、詩の面白さを教えるであろう。あるいは気性の烈しい少年がしみじみと彼の孤独について思いを巡らすかもしれない。

13

『全詩集』以後の作品としては、私の手許に二〇〇七年刊行の『記憶する水』と二〇一三年刊行の『ブック・エンド』の二冊の詩集がある。前者から「欠落」と題する作品を読む。

わたしは
蓋のない容れものです
空地に棄てられた
半端ものの 丼か 深皿のような…

それでも ひと晩じゅう雨が降りつづいて
やんだ翌朝には
まっさらな青空を
溜った水と共に所有することができます

蝶の死骸や 鳥の羽根や
無効になった契約書のたぐいが
投げこまれることも ありますが
風がつよく吹く日もあって

きれいに始末してくれます

誰もしみじみ覗いてはくれませんが
月の光が美しく差しこむ夜は
空っぽの底で
うれしくうれしく　照り返すこともできる

棄てられている瀬戸もののことですか？
いいえ　わたしのことです

新川和江がこれほど孤独とは信じがたい。しかし、晩年の心境がしみじみと心に迫る作品である。作者といえども、このような心境を持つかもしれないことは年齢からみて止むを得ない。人生の晩年にふさわしい心境を描く作者の感性、筆力はまったく衰えていない。

詩集『ブック・エンド』からは、三作品からなる「風景」と題する一連の中から「エスカレーター」と題する詩を読むことにする。

降(くだ)りはなんだか危なっかしくて
最初のひと足が踏み出せない
どうぞ　とうしろの人に先をゆずって

息をととのえ
こんどこそ　と立ってみるが
やはり踏み出すタイミングがつかめず
すごすごと離れて行った　老婦人
昇りよりも降りのほうが自然の法則には適っていて
目を瞑ってでも　手摺につかまらなくとも
おたがい　いずれはね
デパ地下よりも
新鮮な野菜やくだものが　どっさり
取り揃えてあるかも知れませんよ

降りのエスカレーターに乗るタイミングをとるのが難しくなるのは、ある年齢に達すると免れることできなくなる。私自身もエスカレーターに乗るより、階段を手摺につかまって降りる方が降りやすいと感じることがある。ただ、この詩の読み所は詩に書かれていない部分にある。「デパ地下よりも／新鮮な野菜やくだものが　どっさり／取り揃えてある」場所とは死後の冥土に他ならない。エスカレーターに乗れない老婦人とは作者自身かもしれないし、冥土に新鮮な野菜や果物があるだろうか、と案じるのも作者自身にちがいない。冥土を空想することは逆に生のいとおしさを思いかえすことでもある。じつはこの詩にも人間愛が通奏低音のように流れている。これも作者の晩年にふさわしい、充実した力量を示している名作であると私には思われる。

限られた数の作品しか採りあげられなかったが、この詩人の資質、才能、その独自性は私なりに叙述したつもりである。

吉原幸子

1

吉原幸子が一九六四年した刊行した第一詩集『幼年連禱』を私は久しく読んでいなかったが、初めて読んで、作者はじつに瑞々しい才能をもった詩人だと感嘆した。

この詩集の第一部をなす「けものたち」に「無題」と題する詩が収められており、題名には「ナンセンス」というルビが付されている。

風　吹いてゐる
木　立ってゐる
ああ　こんなよる　立ってゐるのね　木

風　吹いてゐる　木　立ってゐる　音がする

よふけの　ひとりの　浴室の
せっけんの泡　かにみたいに吐きだす　にがいあそび
ぬるいお湯

なめくぢ　匍ってゐる
浴室の　ぬれたタイルを
ああ　こんなよる　匍ってゐるのね　なめくぢ
おまへに塩をかけてやる
するとおまへは　ゐなくなるくせに　そこにゐる

　おそろしさとは
　ゐることかしら
　ゐないことかしら

また　春がきて　また　風が　吹いてゐるのに
わたしはなめくぢの塩づけ　わたしはゐない
どこにも　ゐない
わたしはきっと　せっけんの泡に埋もれて　流れてしまったの
ああ　こんなよる

この詩では、吹く風、立っている木、浴室、浴室を匍うなめくぢ、塩をかけられていなくなるなめくぢ、それでもそこにいるなめくぢ、また春が来て、私はなめくぢに塩をかける、今度はわたしがいなくなる、私は石鹸の泡に埋もれてながれさったのか、怖ろしさとは存在することか、存在しないことか、と作者は問いかけている。この詩においては、風も木も浴室もなめくぢも、石鹸やその泡も、わたしも、等価である。わたしがなめくぢに塩をかけると、なめくぢは存在を失うよう見えるのだが、まだそこに存在しているかにも見える、次に、わたしがなめくぢに塩をかけるとわたしがその存在を失うことになるのだが、それでも、そんな情景にもかかわらず、風は吹き、木が立っていることに変わりはない。これは生物の存在の危うさを感じとった作品である。問題意識の新しさに私は注目する。

同じ詩集の第二部「幼年連禱・一」の「Ⅷ　挽歌」は次のとおりの作品である。

旗ひとりはためく　午さがりの遊園地

とまつてゐる　ジェット・コースター
とまつてゐる　都会の狂躁

鉄骨　自動式　歯車　動かぬときの　いたいたしい醜悪
文明の氷が　うすい日ざしより執念く
くねった線路のねぢくぎにまで入りこむときの
虚しさを

いつかひとは　また見つけにきてくれるだらう
いつかみんな　また声たてて笑ふことができるだらう

ああ　ぎいぎいときしるのだった　回転木馬
　ふるいあそび

この午に
機械は　おとなたちを見捨て
おとなたちは　おまへを見捨て
死んだおもちゃよ　わたしはお前たち。

この詩は最後の一行がなければ、見捨てられた遊園地、その動かない回転木馬に対するまことにありふれた情景に作者が懐旧の思いを述べた、平凡な作品としか読めないであろう。「文明の氷が　うすい日ざしより執念く／くねった線路のねぢくぎにまで入りこむときの／虚しさを」といった句に作者の技巧を見落としてはなるまいが、決定的にこの詩を詩として読者に訴えているのは最後の一行であり、つまりは、私もかつて愛玩されたが今は見捨てられた玩具に等しい存在なのだ、という思春期から青春期にかけて私たちが普遍的にいだく憂愁をうたっているところに、この詩の見どころがあると言えるのである。しいていえば、すでに引用した「無題」に見られたのと同じ、存在しないもの、失われたものへの哀惜をうたっているということもできるであろう。
「幼年連禱・二」から「Ⅲ　絵本」を読みたい。

——さばくがある　どこかに

白いかもしかの傷口から　首をもたげて
さびしい獅子は　吼える

何もいらなくなってしまった
この白い　赤い味

かもしか　またたかぬ　おまへの　この瞳(め)を
いくたびか　みたいと思った

ゆるしておくれ
ゆるしておくれ

さばくに　赤がしたたる　吸ひこまれる
風が吹く

空はどうして　あんなに光るのだらう
風はどうして　あんなに光るのだらう

何もいらなくなってしまった
さびしい獅子の　愛がある

――さばくがある　どこかに

どこかにこんな愛があるだろう、という詩である。獅子は白いかもしかを愛していた。その愛のためにかもしかを殺し、そのかもしかの傷口から流れでる赤い血に向かって、獅子は許してくれと謝罪するが、死んだかもしかに聞こえるはずもない。愛は愛する相手をそっくり奪い取るまで成就しない。その挙句、相手を殺すまでになる。こうして愛が成就したとき、はてしない淋しさを感じることになる。空想の沙漠における、愛のかたちを描いた佳作である。

「幼年連禱・三」から「I　喪失ではなく」を何としても紹介したい。この作品こそ「幼年連禱」の通奏低音ともいうべき抒情の基盤にある作品であると私は考えるからである。

大きくなって
小さかったことのいみを知ったとき

わたしは〝えうねん〟を
ふたたび　もった
こんどこそ　ほんたうに
はじめて　もった

誰でも　いちど　小さいのだった
わたしも　いちど　小さいのだった
電車の窓から　きょろきょろ見たのだ
けしきは　新しかったのだ　いちど

それがどんなに　まばゆいことだったか
大きくなったからこそ　わたしにわかる

だいじがることさへ　要らなかった
子供であるのは　ぜいたくな　哀しさなのに
そのなかにゐて　知らなかった
雪をにぎって　とけないものと思ひこんでゐた
いちどのかなしさを
いま　こんなにも　だいじにおもふとき

わたしは〝えうねん〟を　はじめて生きる
もういちど　電車の窓わくにしがみついて
青いけしきのみづみづしさに　胸いっぱいになって
わたしは　ほんたうの
少しかなしい　子供になれた――

私たちは幼年時、景色の新しさを知らないし、私たちの眼の前の物たちの珍しさも貴重さも気づかない。私たちが外界の真の意味を知るには、幼年に戻るしかないのだが、戻るすべはない。その叶えられない幼年の眼を取り戻したいと作者は電車の窓枠にしがみついたのである。新奇な物を見たり、知ったりする、幼年時の体験はいつも多少の怖れと哀しさを感じさせる。そんな体験をこの詩は読者の記憶に甦らせるのである。

同じ「幼年連禱・三」に「Ⅸ　空襲」という作品がある。幼い子供の眼には空襲はこんなふうに見えていたのか、ということを知って、私は愕然とした。そういう意味で、この作品を紹介する。

人が死ぬのに
空は　あんなに美しくてもよかったのだらうか
燃えてゐた　雲までが　炎あげて

あんな大きな夕焼け　みたことはなかった

穴から匍ひだすと
耳もとを　斜めにうなった　夜の破片
のしかかり　八枚のガラス戸いっぱい
色と色との　あらそふ
反射の　ぜいたくな　幻燈（スクリーン）

赤は　黒い空から
昼の青を曝き出さうと　いどみ
紫　うまれ　緑　はしり　橙　ながれ
あらゆる色たち　ひめいをあげて入り乱れ

どこからか　さんさんと降りそそぐ　金いろの雨
浴びてゐるのは
南の街ぞらか
ガラスのなかのふしぎな世界か
立ちつくす小さなネロを　かこみ　渦巻く
音もない　暗い熱気だったか——

戦ひは
あんなに美しくてもよかったのだらうか

これも作者の戦争体験なのであろう。私などから見ると戦争の実態をまるで知らないという感がつよいのだが、作者の年齢からみれば致し方がない。
「幼年連禱・四」から「XII　Jに」を読む。

鼻のあたまに
きゅっと押しあげたれた筋肉の
さんかくの　白いかたまりをつくって

鼻のつけ根に　しわをよせて
おまへは　いま　笑ってゐる

これから　母とだけ生きてゆく　おまへ
やけどや　けがや
さびしい夜　さむい冬
防ぎきれない　たくさんの蝿や蟻

爆弾

それでも　おまへはいま　笑ってゐる
なにもわからずに

おまへが笑ってゐることで　母は
祈ってゐる　いまを
見えないものに

作者は出産後、離婚し、嬰児を一人で育てることになったようである。ふかみはないが、母親の愛情は充分に表現されていると思われる。
この詩集は「幼年連禱・四」に次ぐ「かなしいおとなのうた」一三篇で終わっているが、「かなしいおとなのうた」から「ひとで」を読むことにする。

目をつぶるやうに
耳もつぶることができたら
こころも　つぶることができたら

魔女サイレンの　唄ごゑもきかず

白い海を
白い帆船で　逃げ去ることができたら

時の　刻まれる音もきかず
時の　走ってゆく姿もみず
水底のひとでのやうに
白く　ただよふことができたら

ああ
こころをつぶることができたら

これはじつに秀逸な発想の作品である。哀しい詩である。心がなければ、それこそ無心に社会を漂うことであろう。社会ないし外界の動きにしたがって、何の艱難辛苦もなく、他人まかせで生きることになるであろう。自主性とか主体性を主張することもあり得ないであろう。それでもよいのです。それほど私は生きることに疲れ果てているのです。そのように作者は語っている。時に、私たちがうちひしがれて、そんな心境に陥ることがある。心情は暗いが、うたい方は清新であって、心に迫るものがある。

## 2

一九六四年、『幼年連禱』を刊行した吉原幸子は、それから半年後、同年、第二詩集『夏の墓』を刊行した。その第一章「ひとつの夏」に「風景」と題する作品が収められている。

あそこでは
海に挑んで　はためいてゐた
見知らぬ国の三色の旗
芝生に　コカコーラのかげのやうに
茶いろい瞳をした　茶いろの犬

あそこでは
花壇の赤いパンジーに　陽を切りとって
白い椅子と白いテーブル
びはの葉に光ってゐた　青い蠅

でもどこにゐても
だれとゐても
海だけをみつめて　犬はさびしい
犬のみる景色は　灰いろ

犬は海をみてゐた
ひとりは　海をみる犬をみてゐた

海は　つながりを信じない
犬も　つながりを信じない
海だけをみつめて　犬はさびしい
犬のさびしいことが　ひとりにさびしい

盛夏の饗宴が終わった後の侘しい海辺。三色旗がはためいていても、パンジーも白い椅子も白いテーブルも枇杷の葉も、誰も気にしていない。そういう風景の中で、茶色の瞳をもった茶色の犬が海を見ている。海は誰とも関係をもたない。海は孤独である。犬もやはり孤独である。その犬を見ている人もまた孤独である。饗宴の後の人影のない、無残な海辺で犬が海を見ているのを見て、孤独をかみしめている、ひとり。この風景の酷いほどの孤独感が読者の心をうつのだと思われる。

「石」と題する詩がある。

死にたいといふ日に
きれいになるためのジュースをのみ
陽のあたる　ガラス張りの喫茶店へきて
わらひながら　タバコをふかす

バラの新苗あります――カバン、皮製品
――ホットドッグ――Sケンネル――

わたしはもう　こころでさがさない
わたしの眼が　指が　たしかめたがるだけ
明日(あす)でなく　けふここにあるものを

でもおまへは　おまへの形をしたひとつの石
けふここに　つかまらない
せせらぎのなかでのやうに
日光を折りまげて反射する　ひとつの石
足の甲に　そんなにもいたいたしく
青い静脈のふくらむ石が
もしあるならば
おまへは　石だ

たしかめるため　いつも
不器用に　静脈をつぶしてしまふ

わたしの爪が　石のうへの黒いあざになる

私を石に見立てて、せせらぎを聴き、日光を折り曲げて反射し、足の甲にふくらむ静脈をもつ、という着想は卓抜であり、独自である。作者は、私はもう心をもたない、と覚悟しているから、石になるしかないのである。第一節は平凡だが、このような日常性の中にいるからこそ、日常性に背を向けて、心をもつまいと決心する。これは私の好きな作品である。

「横断」と題する詩を読みたい。

小さな羽虫が　上へ向かってとび
白い　粉のやうな花びらが
やさしい枝からこぼれてくる

昼のなかを
うすい陽ざしのなかを

どうやって通りすぎたらいいのだらう
お酒もなしに　松葉杖もなしに
どうやって　斜めに横ぎったらいいのだらう
昼のむかふへ

緑(あを)い土手の　たった一つの木いちご
が　赤いやうに
とざされたわたしも　血をながす
まだ　始まりもしないうちから
まだ　始まったばかりのうちから
ほんたうのひとりが　わたしにこはい

ほんたうに　ひとりだと
知ることが　木いちごの　あの赤さなのに

昼から昼へ横断することが怖いという。作者が羽虫に託しているのは作者自身である。この詩で作者は世間を渡って生きていくことの怖れを訴えている。羽虫の小さな、けなげな、うすい陽差しを浴びて、横断する、譬喩が美しい詩なのだが、主題は生きていくことの怖れ、いいかえれば、これは孤独の底知れぬ寂しさであるともいえるだろう。この詩集の中でも屈指の佳作である。

「呪」と題する詩を読む。「じゅ」と題にルビが付されている。

何気なく　華やかにわらって
虫でも殺すやうに　愛をころす

殺された愛たちの亡霊に
いまに　殺されるぞ
いまに　死ぬよりもっと　わるいことがあるぞ

虫はちっちゃいから　お化けがでない
愛もちっちゃいから　お化けがでないと思って

華やかに　裏切りの凶器をふりまはし
しとやかな顔で　喪に服す

じぶんのそとで
じぶんのなかで
殺したものが　何なのか
知りもしないで

きわめて観念的な作品である。「愛」とは何か、それ自体がほとんど誰にも定義できない。いろいろな定義をそれぞれの人がもっているであろう。そのような言葉をめぐって詩を書くことは至難といってよい。そういう意味でこれは思索がふかいとはいえないけれども、一読して、何となく理解できるような、無難な作である。
この詩集の第二章は「むかしの夏」と題されている。その冒頭の作「冒瀆」を紹介したい。

神は　たしかに　ゐなかった

太陽は　強情に　のぼりつづけ
わたしは　強情に　愛しつづけた

けれども　神は　ゐるのだった　　或る日
わたしが　わたしを　のぞきこんでみると

いつの頃からか　わたしが魚だった頃からか
わたしのたましひに　深い傷口があって
音もなく　色もなく　たえ間なくそれは涕き
流れでる血が　神に似てゐた

傷口から　わたしは
すべてを感じとるのだった　いまは
わたしは　強情に　さうするのだった

それはわたしの　うるんだ眼　渇(かつ)えた唇
いぬの嗅覚　しかの聴覚
それは　わたしの　かなしみであった
かなしみは　軟体動物の　二本の触角(つの)

傷口から　世界が　不意に　流れこむとき
わたしは　ふるへ　ふるへの中にだけ
世界は　あり　空は　青く
青い空は　傷口に　とても　しみるのであった

神は　強情に　不在しつづけ
わたしは　強情に　愛しつづけた

この詩を読み解くことは私の手に余るであろう。それでも、私には、傷口は「わたし」が愛したことによって負ったものであり、傷口を通して世界を見、空の青さを知ったのだが、それは神の存在するからであるように思われるのだが、「わたし」には神は見えない、不在であるように思われる、といった意味に近いのではないか。このように観念的で、かつ、暗喩の多い詩については、私は評価を留保する。

同じ第二章に「晩夏」と題する七篇の小品群がある。その「4　食卓」を引用したい。

何故いけないいかわからないのに
してはいけないことがある

部屋のうす闇に　ぢっと耐へてゐると
蒼い風が駆けぬけて　不安が来る

それでもたくさんある　やさしいものたち

太かったり細かったりするアスパラガス
小さな虫のとびこんだ　かにサラダ
裏山で唄ってゐる　気ちがひのきこり

もう一人きりではないといふのに
そのことが　ときどき　かなしく重い

夕ぐれ
そのことが　かなしく重い

吉原幸子はこのように洗練された抒情詩の作者として抜群の才能の持主である。ただ、ここでも詩人は孤独を歎いている。おそらく、この孤独が作者に「愛」を求めさせるのである。
次に「驟雨」と題する作品を読む。

それでも　愛してさへゐればいいのに
ふるさともない　かみさまもない　あたしたち
なぜ　立ちつくしてはいけないの
こんな黄いろい暗がりのまへに
けもののやうに
ここにゐぬひとと　身をふれあって
つつましく

突然に来て街を覆ふ　　ああ
まひるの夕やみ
春のゆふだち

遠い高台に
いくつものちひさな人生を充満して
いくつもの四角い建もの

陽がのこる　そこにだけ
まるで地球の裏側から

あわただしく灯をともす　影のなかの窓々

いま
すさまじく
雨はすさまじく　音たてて降る
なぜ　信じてはいけないの　こんな時
ここにゐぬ人の肌を感じて

生きてゐることを
生きてゐることを

吸ひこむ　しぶきの冷たさと

白濁と

いのちは死にあふれてゐる

知りたい
死はいのちにあふれてゐるだらうか

うつくしいものたちは　似てゐるだらうか
愛と　不吉とが似てゐるやうに
あらしと　無言とが似てゐるやうに

愛と不吉はどうして似ているか。愛とは喜ばしいものではなく、苦しいものだからであろう。嵐と無言とはどうして似ているか。嵐は人間の声をかき消すからであろう。身をふれあい、肌を恋しく思うことは、生きていることを感じることであり、愛を信じることであろう。しかし、愛は死をもたらすのではないか。死は生命の終局だから、死によってますます生命があふれ、愛があふれてほしい。そんな切ない願いをうたった詩であると解する。

出発期の吉原幸子は孤独に苦しみ、愛を求め、愛することによってさらに苦しむことをうたっていたように見える。そんな吉原幸子の最初期の絶唱というべき「遺書」を紹介して『夏の墓』の検討を終えることにする。

めくらで　つんぼで　おしにならう
ひとりぼっちの　しづかないきものにならう

差しだされた手を　差しだされた時間だけ
なでてゐよう　だまって

よろこびを感じるためには
かなしみも感じるといふ　代価が要る
かなしみを知らずにすむためには
よろこびも知らないといふ　代価が要る

いつも　かなしみの代価をはらってきた
よろこびが　好きだったから

あんなに

でももう　支払ひの力が尽きた
もう　何も知らずに　生きたい

大きな太陽が　燃えながら
きのふの屋根に沈んだ

かなしみを感じる　惧れのために
よろこびも　避けて通らう　しづかに
めくらで　つんぼで　おしになって

平易で明晰、切実で静謐。このように自分の心を凝視するには、ひとつには、鍛えられた言葉の清新さがなければならないし、もうひとつとして、詩人としてそれなりに成熟していなければならない。この作品の見事さの所以である。

3

『オンディーヌ』は一九七二年に吉原幸子が刊行した第三詩集である。「紙」と題する詩をまず読むことから始めたい。

愛ののこした紙片が
しらじらしく　ありつづけることを
いぶかる

書いた　ひとりの肉体の

重さも　ぬくみも　体臭も
いまはないのに

こんなにも
もえやすく　いのちをもたぬ
たった一枚の黄ばんだ紙が
こころより長もちすることの　不思議

いのち　といふ不遜
一枚の紙よりほろびやすいものが
何百枚の紙に　書きしるす　不遜

死のやうに生きれば
何も失はないですむだらうか
この紙のやうに　生きれば

さあ
ほろびやすい愛のために
乾杯

のこされた紙片に
乾杯
いのちが
蒼ざめそして黄ばむまで
(いのちでないものに近づくまで)
乾杯!

失われた「愛」への訣別のために乾杯する心境をうたった詩である。いうまでもないことだが、「愛」は亡びやすく、失われやすい。それも「愛」に何を求めるかによるだろう。「愛」は多義的であり、人それぞれが固有の解釈をする余地がある。私は「愛」とは愛しあうもの二人が協力して育てるものだと考えている。この詩には「愛」を育て、はぐくむこころが欠けているように見える。それに性愛、性的情欲の表現がいかにも淡い。私は「愛」の不可欠の要素として性愛があると考えている。そのような「愛」についての考えの違いを措いて、この詩を読めば、失われた「愛」にけなげに立ち向かっている女性の心情がよく描かれた作品であると考える。

次に「海」と題する詩を読みたい。

世界を　手もとまで　もってくる
のではなく
世界に　まぎれこむ　ことは

できないでせうか

薄明りのなかで　かへって
まぶたを　疲れさせ
きつく閉ぢさせる　この
光の微粒子　のやうに

たとへば海
にしのびこみ　まぎれこみ
たくさんの船を呑んでは
そのあとの　波のやうに

そしらぬ風に　どこかの浜辺で
うすべにいろの貝がらを
三センチづつ　ゆすってゐたい——

自己本位の贅沢な希望をうたった詩なのだが、読者もそんな夢に誘うような美しさをもった詩である。吉原幸子は、そういう意味で、魔術師のように読者を彼女の世界に引き込む名手であった。

「塔」と題する詩を紹介したい。

あの人たちにとって
愛とは　満ち足りることなのに

わたしにとって
それは　決して満ち足りないと
気づくことなのだった

〈安心しきった顔〉
を　みにくいと
片っぱしから　あなたは崩す
　——崩れるまへの　かすかなゆらぎを
　おそれを　いつもなぎはらふやうに——
あなたは正しいのだ　きっと
塔ができたとき　わたしに
すべては　終りなのだから

ああ　こんなにしたしいものたちと
うまくいってしまふのはいや
陽ざしだとか　音楽だとか　海だとか

安心して
愛さなくなってしまふのは苦しい
崩れてゆく幻　こそが
ふたたび　わたしを捉へはじめる
ふたたび
わたしは　叫びはじめる

陽ざし、音楽、海などは作者にとって「崩れてゆく幻」であり、作者を捉え、安心させるものであるのに反し、「あなた」は「塔」のように確固たるものを築こうとして、彼らの愛は破綻したようである。これは「愛」の問題ではない。嗜好の問題である。もし作者が「崩れてゆく幻」のような愛を求めていたのなら、そのような愛は、愛をどう解するにせよ、成り立つはずがない。作者は何故その愛が破綻したか、その理由をここで読者に示しているのである。

この詩集の表題作「オンディーヌ」は長篇詩なので、その断片だけをひろいだすことにする。

純粋とはこの世でひとつの病気です
愛を併発してそれは重くなる
だから
あなたはもうひとりのあなたを

病気のオンディーヌをさがせばよかった（「I」より）

愛につかまりたくないと
斃れる前のシラノのやうに
無茶苦茶に宙を斬ってゐた
あなたの剣
のもろい刃

さうたしかに
もっと適量の愛といふものも　あるのですよ（「II」より）

――わたしがあなたのなかでわたしにならうとするとき、あなたの手足がじゃまになったことはほんたうです。わたしの手足も。でもあなたの心はわたし自身なのです（「III」より）

オンディーヌ
きみのみつけたハンスはぼくではない
ぼくの告発したのはきみの愛ではない
ぼく自身
きみの愛に耐へられなかったぼく自身だ

さやうなら　オンディーヌ（「IV」より）

オンディーヌ
こんなさびしい愛しかたしか
にんげんは　知らないのです（「VII」より）

わたしのなかにしか棲まなかった
わたしの病気
オンディーヌ
遠い森かげを　いつまでも
ひそやかに
せせらぎにまじって　月よりも白い
あなたの　思ひつめたはだしの
足おとがする（「VIII」より）

拙劣な抜粋からこの詩の全容を知ることができるとは思わない。ただ、この詩のオンディーヌに託して作者が伝えようとしたものが、作者の愛の哲学ともいうべきものであることは察することができるはずである。私は、愛とは相手と一体化することであり、一体化することは本来不可能だから、裏切らなければならないし、裏切りに耐えることこそが愛なのである、といった思想を形象化した作品であろうと考えている。
　さて「釣」と題する詩が二篇、この詩集に収められている。その「釣　I」を読む。

あれは何だらう　湾の入口　堤防の突端あたり
夜空を截って走る　ひくい流れ星は

にんげんたちは　もう
じぶんの殺す一匹を通じてしか
魚を　自然を　世界を
愛せないのだ

夜光塗料をまとった星は
それ自体　発光しながら
いぢらしくも　華やかに
にんげんの抛物線を描く
いけにへとの　隠微な対話のための
ひとすぢの糸をひいて

世界の

両端でたしかめあふ
このふるへ　かすかな手ごたへ
わたしもまた　夜の海へ何ものかを投げる
あなたといふ一匹を釣りあげて　殺すことが
わたしの愛だ
さうして
闇からきりとってゆくこの小さな孤の中が
これが　これだけが
わたしのものだ

愛するとは相手を殺すことであり、愛は作者の孤独の中に棲んでいる。私には作者には愛というものについての誤解があるように思われるのだが、むしろ、このような思想に作者の独創性を見るべきかもしれない。

私が好きな詩を読みたい。「花」と題されている。

さうして　花は枯れる
枯れたあとの　うすい影から

何かが立ち上って　あゆみ去る

干からびた植木の鉢に
夜ふけ　突然　気がつくと
つまづきさうにあわてながら
水を汲んでくる
水を吸ふと
土にしみこんでゆく音が　ぴちぴちとする

雨のふる戸外から
雨のふらない室内へ　花たちを
あたたかい水から
あたためた水の中へ　魚たちを
気まぐれにつれてきて
きれいね　をいふけんりが　誰かにあったか

もぐらよ
よるのなかから　ひるのなかへ
おまへをつれてきて

いたいたしく曝すけんりが　わたしにあったか
　さうして　花は枯れる
　枯れたあとの　しろい土から
　おまへが立ち上って　あゆみ去る

死んだもぐらよ
いま　おまへのながい喪があけて
わたしのながい喪にはいる
灰皿のなかで　わたしの髪の毛がこげる

童話風の作品である。枯れた花の精は歩み去って、植木鉢に収まったにちがいない。植木鉢に水を注ぎ、室内にもちこみ、瓶に魚をいれ、もぐらを連れてきて、宴をひらく。土の中からひきずりだされたもぐらは死ぬだろう。作者はもぐらのために喪に服す。次いで、作者はそのような宴を催した罰として死ななければならないように感じ、自分自身のための喪に服すこととなる。私はこんな童話を作者は語っていると解している。ここには死者に対する悼みがあり、いとおしみがあり、しかも華やかさがある、と私は思うのだがどうであろうか。

「鞭」はこの詩集の巻末から二番目に載せられている、ⅠからⅢまでの三部から成る作品だが、ここではその「Ⅰ」だけを紹介する。

裏切りをください
もっともっと
傷をください
鞭をください

おなじ顔　ひとつの愛を
ふたりでもつわけには　どうしてもいかない
おなじ花をみて微笑みあったり——

愛が微笑みである筈がない
苦しくない愛などある筈がない
わらってゐる幼な児をみてさへ　ただ苦しいのに

（傷つくことでしか確かめられないひとと）
（傷つけることでしか確かめられないひとと）
ゆるされすぎてくるしいのなら
もっとゆるすから
もっとくるしむといい

奪ふのだ　つきのけて
奪ひ合ふのだ
ひとつの愛を
相手にだけあきらめさせようと
裏切り合ふのだ
血を流して

争ひをつづけるため
永遠の奪ひ合ひに勝ちのこるために
裏切りをください
わたしが　決して
あきらめないために

愛とは裏切りであり、傷を負うことであるとは、この詩集の作品でくりかえし作者が語ってきたことである。愛という多義的で観念的な言葉をめぐってこの詩集の作品はいくつもの変奏曲を奏でてきたように見える。最後に、私が指摘したいことは、恋愛という言葉が示すように、愛という言葉は恋という言葉と対になっている。愛する前提かどうか、は別として、人を恋い慕う心がある、そういう思いの結晶として愛があるということもできる。恋するとか、恋い焦がれるとか、思い乱れるとか、そうした心情を告白していない愛とは、きわめて抽象的であり、観念的であるように思われる。この詩集の多くの作品に私が興趣を覚えないのはそのためであると私は考える。

4

吉原幸子の第四詩集『昼顔』は一九七三年四月に刊行されている。第三詩集『オンディーヌ』は前年一二月に刊行されているから、その間、わずか五か月である。これらの二詩集に収められた作品はたぶん同時期に並行的に書かれたもののように見える。前者がポジであるとすれば、後者がネガを成し、両面から同じ主題を追っているかのように思われる。

巻頭から二番目に「独房」と題する作品が収められている。

内側を赤く塗られた白い灰皿
そこに半分ぐらいたまってゐるのは
ない血だ
ジュッと　ないタバコの火を消す

ないホットドッグに
辛子と血をつけてたべる
まるでケチャップのやうにすっぱい

傷のない愛などある筈はない　だが
愛はないのだから　傷もある筈がない
ない空にない風船をとばした罪
ない恋人を抱いた罪
半分が終った

さうして残る半分は
わたしがそこにゐないことを
証明するための時間だ
とどかなかったナイフは　ない
傷はないのだから　わたしは　ない

ない恋人を刺した罪　は
ない独房で罰せられ
看守の眼をぬすんでひろげた　ない紙に
赤インクで　痛い文字を書く
赤インクだけは　ふしぎと
いつも　ある

『オンディーヌ』における主題は、愛することは傷つくこと、であった。「独房」では愛の不在が罪とされ、罰せられている。ここでは「恋人」という言葉によってはじめて「恋」という言葉が現れるのだが、その恋人も不在なのだから、実体があるわけではない。これは反語的ではあるが、「愛」を希求する詩である。すぐ次に載せられている詩「凶器」を読むことにする。

溶かしたくない
溶けたい

吸ひこみたくない
吸ひこまれたい

殺したくない
死にたい

でも殺したい
溶けるために

ああ　血　ぴすとる　ないふ
わたしの持てないたくさんの兇器

ことに刃もの
のしろい光

つきたてたい　世界に　すべてに
つきたてることによって加はりたい
吸ひこまれたい　とどかないすべてに
つきたてることによって殺されたい

いま　血を流す雲のまへに立って
血を流すあなた
わたしの持てないたくさんの　　死

作者は溶けたい、とか、死にたい、とか、思うのだが、自主的、積極的に溶けたり、死んだりすることを望んでいるわけではない。それぞれ二行からなる第一節から第三節の各第一行目にはっきりそう語っている。「つきたてたい」と始まる第六節をみても、その前の第五節で「たくさんの兇器」を数え上げても「わたしの持てない」ものだと決めつけている。作者は死を夢みているのだが、「独房」において愛が不在であるのと同様に、ここでも死への主体的な意志は不在なのである。

私はこれらの詩の欠点をあげつらっているわけではない。むしろ、このような心境が思春期において、あるいは、中年になっても、普遍的であると考えている。この普遍的な心境をこれほど的確に表

現している才能に敬意を払っている。とはいえ、「愛」という観念に囚われていることが不満である
ことには変わりはない。
　この詩集には「通過」と題する六章の詩が収められている。その「V」を次に示す。

　時の重さが
　思ひ出の量で　きまるとしたら
　〈いま〉はいつも
　いちばんかるい

　身の廻りには
　ずっとたくさんの材料（もの）がある
　四角いハムとか
　ふすまのしみ

　朝のくしゃみ
　猫との会話
　しゃぼん玉
　ほろにがい幸せの材料たち

ひとつだけ　ふべんなのは
そのなかにゐると
すべての〈もの〉が
まだ　思ひ出にならないことだ

ふかい意味のある詩ではない。思いつきを出ないといってよい。しかし、私は、これほどの材料で、これだけ読ませる作品に仕立てる作者の手腕に感嘆する。

「誕生」と題する詩がある。これは漢字交じりの前半と平仮名だけで表記した後半とからなる作品だが、前半と後半とは第一部と第二部とからなる作品と考え、前半だけを読むことにする。

——夜の　深い　淵から
百合の　くらい　血が　匂ふ——

雪の上に仆れながら
猟人（かりうど）をゆるす獣のやうに

殉教のやうに
あなたは　傷をのみこむ
こんなみすぼらしい

むごたらしい冠に
しろい額をさし出して
あなたを刺す　棘に
あなたを打つ　釘に
をののきながら　くちづけようとする

さうして　あなたの奥底で
傷が光り　波うちはじめる
瞬間のうへに仆れて
あなたは喘ぐ　滅びに似た誕生を――

いのちが　こみあげる
いのちが　こみあげる
ああ！
はじめて　いっしょに翔びたってくれるあなた
燃える北極にむかって
透明な沼にむかって
はじめて　まっしぐらに沈んでくれるあなた

旅立ちは　もうこはくない
審きの時は　こはくない
あなたの傷で　わたしが翔ぶとき

ことばは　もういらない
といふことばも　いらない！

これは誕生をうたったというより、誕生にさいしての嬰児の父親である男性との和解の詩のように見える。それ故、分かりにくい箇所が多いのだが、それでも、こみあげてくる生命を感じながら、飛翔する思いをうたった詩句はすばらしく美しい。

「街」という短い詩を紹介したい。

陽のあたるのはいい
スクランブル交差点で　誰の足もとにも濃い影をおとし
かなしみにも　陽があたる

屋上のハトは人間をこはがらない
回転木馬はいい
アイスクリームはいい

子供たち　老夫婦　うつくしい

さうして　かなしみにも陽があたる

これもどうといった意味のある詩ではないが、読んでほのぼのとする気分になる愉しい詩である。作者の才能が冴えている。

この詩集の題名となった『昼顔』にちなんだ作品が三篇収められている。初めの二篇を読むことにする。第一作は「昼顔順列」と題されている。

昼顔は女だ
わたしは女だ
女は昼顔だ
昼顔はあなただ
あなたは女だ
わたしは昼顔だ
女はあなただ
あなたは昼顔だ
女はわたしだ
昼顔はわたしだ

わたしはあなただ
あなたはわたしだ

第二作は「昼顔反歌」と題されている。

すべての女は昼顔だ
皿の破片を泣きながらつなぐこどものやうに
いぢらしく
心に肉をつながうとする

いふことをきかない肉に
眉をひそめながら　心をはりつけてしまふ

でなければ
いふことをきかない心に
ふるへる指で　肉をはりつけてしまふ
すべての女は娼婦だ
すべての女は聖女だ

鍵と鍵穴との雑居だ
心の突起は肉の窪みに
肉の突起は心の窪みに
かたつむりのやうに　独りのなかで交り合ひ

すべての女は
男たちから遠く　ひそかな昼顔だ

作者は男嫌いなのだろうか。しいてそんな素振りを見せているだけなのではないか。この連作で女性の「肉」「突起」「窪み」といったものにふれていることが目新しいのだが、作者はもっと抽象的、観念的に感じ考えることが好きなのである。ただ『昼顔』に至って、作者は「愛」という概念を通して事物を見ることとは縁遠くなってきたようである。

## 5

一九七五年一二月、吉原幸子は第五詩集『魚たち・犬たち・少女たち』を刊行した。第四詩集『昼顔』を刊行してからほぼ二年半の後になる。春夏秋冬という四季に収録作品が分類されている。その「春」の分類に属する「回転木馬」という作品を読むことから始める。

星をかきわけながら
空をとぶこともできます
首すじをやさしくたたいて
泉の水をのませることもできます
この馬は　わたしたちをつつむ
大きなまるい世界の
ふちをはしっています

どこからはじまり
どこでむすぶこともできる
みちたりた　まんまるい
ほんとうの円を
わたしたちは　公園に　夜空に
スケッチブックの白い草原に
限りなく　描きあげます

ああ　馬が
かすかに汗ばんできました
はじまりと結びが　つながる

うつくしい瞬間が　またくるのです

回転木馬から作者が展開する広々した宇宙空間。読者は吉原幸子が新しい世界にふみこんだことを知るであろう。想像力のひろがりも見事だが、回転木馬の馬が「汗ばんできました」という描写の巧みさは非凡としか言いようがない。
「夏」の部から冒頭の「空の魚」を読む。

にっぽん中の鯉のぼりの上に　今日
にっぽん中に風が吹く

何ものかにぶつかりながら
源へとさかのぼってゆく
けなげな魚よ
垂直に立つしぶきの壁さえ
おまえはよじのぼる
たぶん　眼からは涙をながし
瀧よりももっと透明に
いのちになって

その国の親たちが　或る日
おまえを空に泳がせるのは
こどもたちへの　いじらしい期待
だけではなかった
それはかれら自身の憧れであり
かすかな悔いと　埋め合わせであり
おい代りにたのむよ　であり
互いにしっかりやろうぜ　なのだ

ああ　魚たちの属し
人間たちの属さなくなってしまった
力づよい　やさしい自然よ
今日　かれはわたしたちの和解を受け入れ
わたしたちのひたむきな希(のぞ)みのかたちに
布きれをふくらませて
にっぽん中の鯉のぼりの上に
親切な青い風が吹く！

これはかなりに教訓的であり、思い込みが強すぎるのではないか、という感もする。しかし、きわめて人間的な作品であることは疑い得ない。
「母に」と題する作品は私の好みである。

畳のうえに　ひっそりとすわって
やがてくる季節のふとんをひろげるあなた
山椒の若芽をすりつぶし
食卓のやさしいにおいのなかで
ふと　のめないビールをのんでみるあなた
（海のなかにいるお母さん）
（お母さんのなかにいる海）
水のように　のみこみ　あふれ
港のように　しずかになって
闇にさまよう気まぐれな小舟を迎える
あなたほどの大きなゆるしが　いつか
わたしたちにも　もてるのでしょうか
うしろ姿にばかり　わたしは目を伏せて
花束をそっとここに置きます
昔からの母たちの祈りによって咲いた花束を
子が母に　母が祖母にと育ちながら

一つの花束をリンネのように　たらい回しに
子が母に　母が祖母にと贈って
やがてそれは遠い美しいふるさとに向って
かすんでゆきます

しみじみした情感にあふれた詩である。こんな情感をもつことができる子も母も稀なのではないか。

最終行がよくこの詩をひきしめている。

「夏」の部の詩をもう一篇読みたい。「虫」と題する作品である。

ゆうべ　浴室の壁に
重なっていた二匹の蛾が
今日は静かに　はなればなれに
くらい電灯の下にとまっている
死んでゆく夏　死んでゆく虫たち

にんげんだけが
ひとりに耐えられぬいきもの　いつもいつも
なかまの熱　なかまの匂い
愛をたべずにはとべぬいきもの――

はなればなれになって、暗い電灯の下で死んでいる虫たち。ある夏の夜の情景である。そんな虫たちの死を見つめながら、作者は、人間という生物は互いに求めあわなければ生きていけないのだ、愛を貪って生きているのだ、という物思いに沈んでいる。この詩に対しては、人間も死ぬときははなればなれではないか、という批判もあり得るであろう。しかし、私はこの詩は虫たちの死と人間の生を対立的に見ているのではなく、虫たちの死を見ながら、自ずから人間の生に思いを寄せたというにとどまると考える。

「秋」の部から「旅びと」と題する詩を読む。

人は風になりたがる
なれないので　風に吹かれたがる
風がないと
じぶんで走って　風をつくる

けれど　あるとき
風はかなしむ
決してとどまれないことを
散らした花　舞わせた落葉
水面(みなも)にたてたさざなみの
ゆくえを知らない

少女のうなじのうぶ毛の間に　もう少し
じっとひそんでいたくても

風はいつもサヨナラ
風は〈時間〉をもたない

風は永遠の旅人である。とどまっていたくても、とどまることは許されない。哀しい宿命を負った存在である。人間は風の哀しさを知らないから、風のように自由に、気ままに、なりたいと思うのだ、と作者は言っている。風には出会ったものたちとの別離、訣別しかないから、時間が持続することもない。じつは、人間も風と同じく、別離、訣別をくりかえしながら生きている生物であり、時間は持続することなくつねに流れ去る。この詩は風に託して人間の哀しい宿命を説いているのだとも解することができる。この詩集中、出色の作である。
「冬」の部から「帰途」と題する詩を読みたい。

足のわるいひとが　歩いてゆく
足のわるいひとが　いっしんに

真夜なかの　月明りの舗道を
まるで人類ぜんたいのように

さびしく　あたたかく　黙々と
待っている誰かにむかって
歩いてゆく
歩いてゆく
うしろ姿

わたしには
わたしのうしろ姿が　みえない

私たちが歩いているとき、どれほど寂しくても、どれほど意気軒高としていても、人類の苦悩のすべてを背負ったつもりでいても、また、愉快であっても、自分のうしろ姿を見ることはできない。足が悪い人であれば、足が悪いということしか見えない。これは私たちの行動のすべてについて当てはまることである。向き合っている人々の批判は聞くことができても、背面からどのように批判されているかは、聞くことができない。この詩は一種の人生訓として読むことができる。

もう一篇、「声」と題する詩を読む。

誰かが泣いている　泣いている
しずかなとき　その声がきこえる

わたしが有頂天でもなく　うちひしがれてもいない
酔っていず　しらけてもいない
ちょうどそんな釣り合いのときにだけ
耳のそばできこえる

すすり泣いているのは
わたしに傷つけられた　あのひとかもしれない
母かも知れない　子かもしれない
見知らぬ友だちかもしれない
遠い田んぼかもしれない

わたしが気づかずに殺してきた
捨て猫や　捨て犬かもしれない

わたしかもしれない

最終行がなければ、これはおよそつまらない詩として読み捨てられる作品だが、「わたし」は、ひょっとして、「わたし」自身気づかぬままに、泣いているのではないか。「わたし」自身を嫌っているために、「わたし」自身を愧じているために、「わたし」が犯した罪のために、その他さまざまな理由で、「わたし」は泣いているのだが、「わたし」が泣いているのに気づかないだけのことだという。たとえば、「わたし」が「わたし」自身を嫌悪していることは「わたし」は自覚していないが、深層心理では「わたし」を責めているものがあるかもしれない。いろいろ考えさせられる詩である。

## 6

吉原幸子の『夢　あるひは…』は一九七六年に刊行された第六詩集である。この詩集に「死に方について」と題する六篇の断章からなる作品がある。その三番目の断章は次のとおりである。

泣いてくれるひとがゐる　といふのは
うれしい　くるしい不自由だ
失ひたくないひとがゐる　のも――

ある場合には
〈死ぬのをみる〉ことのほうが
〈死ぬ〉ことよりもおそろしい
だが〈死ぬ〉ことが
〈死ぬのをみる〉のを〈みる〉ことなら

ある場合には
深いかなしみをみる　ことが
深くかなしむ　よりおそろしいなら
唇かんで　つらいはうを引きうけようと思っても
どれを引きうけていいのか　ほんたうにわからない
だから　もし
わたしが間違って選んでしまっても
どうか泣かないで
いいえ　やっぱり泣いて

重篤ないし危篤の状態にある肉親に近づいている死を前にした心の動揺を、これほどまざまざと描き切った作品は稀であろう。私にもこの設問に対する回答をする心構えがない。
この詩集の表題作はかなりの長篇詩なので、全篇紹介すべきか、あるいは一部だけ紹介すべきか、迷った結果、次に全篇を引用することにしたものである。

にも拘らず
すり減ってゆく　わたしたちに
鮮やかなもの
烈しいもの

はりつめたもの
わたしたちがふたたび生きるためのもの　は
夢
とおそらくは死　だけだ

そこでは傷口はいつもかがやき
わたしたちは夢のなかでだけ　叫ぶ
抱きしめる
声あげて泣く
見知らぬいとしいひとたちのために
夢のなかでだけ　うっとりと死ぬ

劇（ドラマ）はいい　夢はいい　あそこで幕が降りるから
言ひ訳や　何故?　もなしに
眼ざしだけがのこるから

（チャップリンの浮浪者と　目の開（あ）いた花売娘は
エンドマークのあと
どのやうに気まづく別れただらうか）

わたしたちが帰ってくる場所では
傷口はあまりに早くふさがってしまふ
じぶんが痛くないぶんだけしか
ひとに手をさしのべられない
わたしたちは抱きしめない
ひそかに胸をいためながら
何もせず　どこへも行かない
たぶん　しばらくは　死にさへもしない

夢をみることはやさしい
うつくしい生活　の標本は
新聞の広告ページにいくらでも出てゐるが
ほんものの　乾いた日常のなかで
うつくしく生きることは　もっとむづかしい

だが　あのひとにききたいのだ
かじかんだだけのわたしの指より
もっとこごえた指の　あのひとに

愛は
たしかに　それは住まないのだらうか
死にそびれた　少量のスープの荒野に
——死よりわるい場所　たとへば

信じたくない
もしさうならば
いちばん大きな眼ざしをのこしてゆく
いちばん大きな夢が　死なのか

少くとも　たったひとりに
スープをどうぞ！　と叫びながら
走りだすことは　ないのか

朝日ののぼらないうちに
冷めかけた涙が
目じりにまだ　のこってゐる間（ま）に——

死に直面している人に私たちができることは夢しかない。夢でなければ死しか残らない。死んだ後、愛は残るか。この切実な思いを読みとることはできるのだが、私には、夢か死か、という二者選択の問題として、死を考えることが正しいか、という疑問をもつ。また、美しく生きることと死とはどのような関係にあるか。私には、たぶんいかなる関係もないと思われるのだが、作者の実生活の上では重要な意味をもっていたのかもしれない。力作であり、労作であり、切実な思いは充分に表現されているということを認めた上で、私の疑問を附記しておく。

同じ詩集から「柱」と題する詩を読みたい。これは秀逸な作である。

長いあひだ　カタツムリのやうに暮してくると
ひろげた本のどの頁にも
通りかかったどの街角にも
むかしのしみがのこってゐる

たくさんの物語がよりかかった一本の柱
を前にして
宇宙からきた旅びとのやうに　茫然と
〈われいまここに　かくあることの不思議〉
柱は変らず
人だけが変った

現在に生きるために　時には
すべての過去を否定しなければならない
それが純粋病患者どうしの掟だ
――いまがホントなら　むかしはウソ
　むかしがホントなら　いまはユメ――

だがわたしに過去はない
四十年の風景を
わたしが通り過ぎたのではない
わたしを　何かが通り過ぎたのだ
それなのに　柱はまだある
凹みと　傷と　いたづら書きと

あたらしいひとりの患者のために
ふるい家を壊して　燃やす
けれどあのしみはたぶん消えない
火のなかでも
火のあとでも

決して宥されないことによって
過去は　はじめて
わたしを訪れる

私たちはこれまで生きることによって体験を積みかさね、その累積の結果として現在の私たちがある、と考えるのが常識だが、作者は、歳月が作者を通り過ぎて行ったのだ、という。現在こそが現実であり、時には現実に生きるには過去を否定しなければならない、と作者は説いている。逆説的に、作者は、いかに生きるかを語っているのだが、それでもどうしても過去の染みは残るのだ、と結んでいる。レトリックの興趣だけでなく、過去が私たちに持つ意味を反省させる作品である。

次に「信号」と題する作品を読む。この「信号」は「I」と「II」との二篇からなるが、その「I」だけを引用する。次のとおりの作品である。

もうよしなさい
あきらめなさい
と　雨のなかを青が点滅する
旅の後半部は
誰でも急ぎ足だ

夕暮れは必ず来る

日常は　柱のかどで待つてゐる
指にメリケン粉がつき　パン粉がつき
厚いかさぶたになる
このまま指を揚げてみようか　ジュッと
五本のエビフライのやうに

誰にともなく苛立つてゐる
この時間を　からつぽに
ひとりつきりにしてほしい
ちぢこまつてしまつたあなたの背中を
いつも　不親切に追ひ払ふ

急ぎ足のわたしに
やさしさと　食事と
同時には　つくれないのか

信号は変つた
あなたはもう　何も横切らないでいいのだ
わたしのユビフライを

ゆっくりと　食べるだけでいい

信号待ちの苛立ちは誰もが経験している。五本の指をフライに揚げるという発想が奇抜で可笑しい。私には、この詩にいう「あなた」と「わたし」の関係が分からないのだが、「あなた」も「わたし」と同じ人物なのではないかと思われる。信号が変わって、何故「あなた」は横切らないでいいのか。「あなた」と「わたし」が別人ならば、一緒に信号待ちをしているわけではないから、横切らなくてもいいのは当然なのだが、それなら何故もう何も横切らなくてもいい、ということになるのか。分かりにくい所のある詩だが、ユビフライという奇抜な発想の興趣から紹介してみた。

「自戒」と題する詩を読む。

わかものたちよ
わたしはつひに一度も死ななかった
たぶん　死ぬかはりに
殺すかはりに　書いたからだ

死にたい
と書くことで
死ななくてすむのなら
詩はクスリみたいな役に立つ

けれど　その調子で
生きるかはりに書いてはいけない
愛するかはりに書いてはいけない

花　と書くとき
花は　たしかに　失はれる

紙の上に　足をひきずると
いのちは　たしかに　かるくなったので

わたしは足あとを消しに歩きまはる
すると　わたしのうしろに
あたらしい足あとが　またついてゐる

花と書いたからといって、花が失われることはありえない。花を失わせるまでの迫力、気力をもって「花」と書かなければならない、という自戒の言葉であろう。私はこのようなことを考えて詩を書いたことがないので、興味ふかく、この詩を読んだ。しかし、この詩もレトリックで読ませている、遊びなのではないか、という感を捨てきれない。

この詩集は第Ⅰ部から第Ⅳ部までの作品からなり、これまで第Ⅰ部の作品を読んできたが、これから第Ⅱ部の作品を読むことになる。「都会と旅と」という題の作品にはいくつかの小見出しがある。その最初が「東京」で、＊印で区切られたいくつかの断章が収められている。その最初の断章は次のとおりである。

〈トンボが帰ってきた〉といふ
あれはいいことばだ
どの一匹も　ある秋去ったトンボたちと同じではないのに
やはり〈帰ってきた〉としか言ひやうがない

そのやうに
にんげんたちは帰ってくるだらうか　地上へ
わたしたちの夏には間に合はなくても
やがて　本当に〈帰ってくる〉だらうか

トンボといっしょに　ハエや蚊も帰ってくるだらう
〈いい虫〉と〈わるい虫〉と
そんなにより分けてつき合ふわけにはいかないのだから
もう一度　青い畳に　よく匂ふ青い蚊張を吊って寝ようよ
紙袋とワリバシをもってハエを追ひかけ

町会のをぢさんに　ごはうびの花火を貰はうよ

機知に富んだ作品であり、郷愁を誘う作品である。最終行、花火を町会のをぢさんに褒美としてただで貰うのか、をぢさんから代金を払って買うのか、私には理解できない。その如何で興趣が異なるだろう。

「産卵」と題する作品がある。

鮭が死ぬ
北ぐにの　音楽のやうな夕焼けの中で

鮭が死ぬ
岩にのり上げ横たはった
右半身を　河が流れる
はげ落ちたうろこに　水はしみるか

えらと尻尾をかすかにふるはせ
眼は　つぶらない
鮭は　はるかに眺めてゐる
この河で過した幼年と

霧に包まれた海での青春
そして　いま
それらは記憶ではない
〈終った〉といふことの　ふかい安らぎだ

ふしぎな呼び声をきき分けながら
流れに抗らひ　岩にぶつかり
さかのぼってきたふるさとの水に
産みおとしたものは　卵だったらうか
くり返される　幼年と青春にむかって
書き終へた　ひとつの詩(うた)だったらうか

鮭は　はるかに眺めてゐる
河底に沈む三千個の球にも似た
あかい入り日
鮭にとって　世界はいま
かがやく半透明の
球体だ！

この詩はずいぶんと工夫をこらしているけれども、映像で鮭の産卵の風景を見慣れた読者を感動させるのは難しいのではないか。むしろ、読者が映像で見知っているからこそ、このような素材に挑んだのかもしれない。しかし、苦心が報われたとは思えない。

この詩集の検討の最後に「ゆめ　三」を採りあげたい。「ゆめ」には「一」から「五」まであるが、その「三」である。

〝どぶゆめ〟をしばらくみない
といふはなしをしたら　その夜
ひさしぶりに　〝どぶゆめ〟をみた

いつものやうに
高度は十五メートル位
塔の屋根から屋根へとんで
誰もゐない部屋をのぞきこんだり
電線をくぐったり
樹の枝にやすんだり
ヘリコプターを追ひかけたり

泳ぐゆめならみたわ

でもとぶゆめなんて一度も——
とあのひとが言ったとき
わたしはふと胸をつかれた
(日常が　そんなに重くて?)

反対かもしれない
日常が重いからこそ
わたしたちはゆめでとぶのかもしれない
それに　とぶゆめといふものは
蝶のやうにいい気持とは限らない
むしろ　たいていは怖いゆめだ

それでも
あのひとに　一度ぐらゐは
ゆめのなかでとばせてあげたい
蝶のやうにかるく
鳥のやうにするどく

ああゆめのなかでは

愛も　憎しみも
恐怖さへも　かがやいてゐる
ぴすとるをしっかりと握って　とべ
墜落のやうに烈しく

これは何よりも飛ぶ夢という発想が意表を突く愉しい作品である。それに日常の重さという譬喩に味わいがあり、イメージが具象性に富んでいる。軽い作品だが、卓越した作品であると考える。
吉原幸子は確かに知的であり、想像力に富み、日常性にも目配りがあり、人間性も豊かで、多種、多様な素材に詩を見出すことのできる、多面体のような才能をもった、すぐれた詩人であった。

7

吉原幸子の第七詩集『夜間飛行』は一九七八年に刊行された。この詩集に「鳥よ」と題する詩が収められている。

うつくしいことばだった
〈タッチ・エンド・ゴー〉
着陸し　そして離陸する
とどまらずに

タッチせよ　小さな飛行場に
地球の肌に　その上に　木々に　ひかる海に
子供たちの笑ひ声に
幸せに似た朝に
タッチせよ　生のすべてに
旋回し　急降下し　いくたびも――
エンド・ゴーせよ
皮膚ひきはがしつつ
ふり返らずに

あたたかい巣をあとにする
永遠の〝流れ者〟のやうに

触れよ　そして
とどまらず　ゆけ
夕日のなかに

この詩は、鳥に託して、いかに生きるか、の決意を語っている。一方では人間社会のすべてに触れ、また一方で自然の中に飛翔し、過去をふり返ることなしに、生きている鳥をみよ、わたしも鳥のように生きなければならない、と告げているのである。イメージの豊かさ、鋭い決意が読者を惹きつけるにちがいない。

「死ぬ海」と題する詩は次のとおりである。

むかしわたしたちは愛しあった　この洞穴で
闇にあをい眼を光らせ　砂にまみれて
――追ひつめられた仲間たちもみんなここへきて
ひそやかに傷をなめあった　いくつかの夏と冬

いまその入り口を　ゑぐられた砂のはらわたと
はさみふりあげた怪物の影とがくろぐろとふさぎ
海はとほくで泣いてゐる
月はとほい海に照ってゐる

何もない　小さな入江だった
だから狙はれたのだ　ぶんめいの鉄の爪に
にんげんは　わたしたちのかくれがを掘って
海のすぐ眼のまへにプールをつくり

野の花が咲くばしょに花壇をつくる
セメントの磯　セメントの浜に
これからは満ち干さへどうやってするのか　海よ

皮膚にひろがる重油の虹　胃のなかに沈む毒
墓ももたないたくさんのなきがらにまじって
またひとつ　海がむごく殺される
さうして　わたしたちのささやかなものがたりが

これは明らかに現代文明の自然破壊に対する抗議である。沖縄の海の埋め立てに対する抗議の先駆けとも見られるであろう。現代詩において、たとえば、反戦詩は型にはまった、無個性的なものが大部分であった。文明の自然破壊に関する発言も同様の作品が多い。その中で、この詩はきわだって個性的である。被害者である海の側から抗議していることに新鮮さがある。

「青春」という詩がある。

〈行くな
行くなら帰ってくるな〉

遠い日のわたしの文字が
ふと　足もとに落ちてゐる
追ひすがりと　つき放しとを
同じつよさで叫べたことが
ほほゑましく　すこしいたい

若さと　苦さは
よく誤植されるが
まったく似てゐる

若さをふり返るときが　苦いのだ
若さそれ自体は　悲鳴だ
この秋京都で出会った若ものたちは
寮祭のあとの地下酒場で
のどから血のでるほど叫んでゐた
〈ヒョッコリヒョウタン島〉のうたや
〈ユウヤケコヤケノアカトンボ〉さへ
彼らは瞳はふかくかがやいてゐたが

何がかなしいのか
何に怒ってゐるのか
じぶんたちにもわからないのだ
ひとつの季節の終りを予感しながら
やがて静かな朝がくる
古びた洋館に　木洩れ陽がさしこみ
天井に蟬と蛾が死んでゐて
彼らは黙々と　手製のカレーライスをたべる

若さにむかって　わたしは叫んだのかもしれない
〈行くな
　行くなら帰ってくるな！〉

このような青春期を私は経験していないので、この詩も理解しにくいのだが、「行くな」とは、おそらく青春期の惑乱の中に入ってはいけない、ということだろう。行くなら帰ってくるなとは、帰ることはできないと覚悟せよ、といったことであろうか。青春期の惑乱の渦に巻き込まれて身を滅ぼす若者が少なくないことは、私たちの時代にもあったし、作者の時代にもあったにちがいない。将来も同じであろう。そのように解して、私はこの詩を捨てがたく感じるのである。

次に「をとこ」と題する詩を読みたい。

うしろ姿のうなじが
夕陽のやうにさびしいをとこがいい

ひどい遠視か
でなければ
ひどい近視のをとこがいい

雲のはての鳥影をみつめて
とびたってゆこうとするをとこ
やさしさ　を背負ひ
やさしさ　に押し出されるやうにして
勝てないいくさに出かけてゆく
無口なをとこ
いとしいものが　だれであるかも知らぬまま
いとしいものに　別れをつげる
くりからもんもんの
あるひは　ウエスタンハットの
あるひは　花をかざした若武者の

うしろ姿のうなじが
オカリナのやうにかなしいをとこがいい

このような男性がいい、とはどういうことなのか、私には分からない。映画の高倉健の演じる役柄のようであり、吉原幸子の男性の好みはこんなものかと失望する。ついでに、次に載っている「をんな」も読んでみる。

男はくらい固体だ
女は　あつい流動体だ
岩肌をつたふ溶岩のやうに
あふれる　にじむ　しみこむ　ころす
とけやすい輪郭をたもつため
剃刀をかざし
白無垢に返り血あびながらゆく

刺青の　ほそい肩　喘がせながら
すでに一度　墓を抱いてしまった女

これもやくざ映画のヒロインしか思い浮かばない。もしそうなら、吉原幸子の想像力はあまりに貧しい。あるいは、私の想像力の貧しさのために、この作品を理解できないのかもしれない。
「日常」と題する詩を読みたい。

窓のそとを一瞬通りすぎたむかしの駅の
柵にしがみついてまだ待ってゐた幼いわたし
のやうにいまはさびしがる老いた母よ
燃えてゐたいのちを襲ふ緩慢な死

すり切れたながい時間を縫ひこんだ一枚の雑布
からっぽの記憶のやうに磨きあげた一枚のガラスを
もっとほめてあげればよかったけふの悔みは
落しても割れない卵ケースそのなかで割れる卵！

第二連がすぐれていると思う反面で、日常につきすぎていて、日常を越える人間の生活の普遍的なものを探りあてていないのではないか、という憾みがある。つまり、日常を描いて日常を出ていないという憾みである。
「日常」に続いて載せられている「血縁」は発想が独自で、一読した後、考えさせられる作である。

おかあさん　あなたは　けさ

まるで三歳ほどの大きさに　ちぢんで
うしろむきに
やせた脚をみせ

あなたのからだから
いたいたしいめがねのつるを　ひきぬくと
わたしは
うっとりとわらってゐるあなたに
きものを着せ
腕にかかへて　あやしながら
ゆっくりと　かいだんをのぼっていった

あかい花柄の　めりんすのふとんに
あなたを　そっとねかせて

──めざめてから　泣いた

わたしが　あなたを産んだのだらうか
未来に

＊

ともだちのおとうさんの　絶筆の春画を
ゆふべ　みた

のけぞるをんなの　ひそめたあをい眉は
のこされたむすめに似て
をとこのくひしばった口もとは
亡くなったひとに似て

背景の　羽子板の押し絵だけが
しろく　塗りのこされてゐた

あそこから　誰がのぞいてゐるのだらうか
永遠を

＊印の前までは作者の母親に対するふかい愛情の幻想として共感することができる。ことに王朝期、平安時代には幼児に戻りたいという願望をもった貴族の説話があると聞いている。ただ、＊印の後は

春画に描かれた女は娘に似ており、男は亡くなった父親に似ている、という父子相姦を連想させることは理解できても、これがこの詩の主題とどう関係するのかまったく私には理解できない。＊印の前の部分の感興のために採りあげたのである。
　この詩集の検討の最後に「ある通夜」と題する作品を採りあげたい。

　地下の一室で
　老女は死んではじめての夜を過ごす

天井の一ヶ所が茶色くいぶされてゐる
煙はいつも　まっすぐに立ちのぼるのだ
同じ香炉から
（この場所に　さまざまの人生が横たはったときも…）
線香の灰が　唐突に折れて落ちる

どうしても　寝息がきこえて
のぞきこむ
うすい血が　口もとのガーゼににじみ
ほんのすこしづつ　ひろがってくる　だけだ

死んでから　ひとはほほゑむのか
ほほゑみながら　ふとだまった
といふやうに

心電図の上をけなげに走りつづけた光る球が
ふと　とまって

ひとは　ものになった
と　信じることが　なかなかできない

さうして　のこされたひとは
めをあけたまま
嗚咽のやうに　居眠りをする
（わたしにもいつかくる日の　これはたぶんリハーサル）

かなしみは　死の解毒剤だ
あしたの朝から　ゆっくりときいてくるだらう

二日たつと

棺（ひつぎ）に釘をうちながら
もういちど　たくさんのひとが泣き崩れる
わたしはそれを遠くから眺めて
つぶやくだらう

〈ひとが死んで
ひとが泣く
単純で
うつくしい〉

すぐれた挽歌は多いし、通夜の情景を描いて心を打つ作品も少なくない。それだけ死は誰にとっても、ことに肉親にとって、とりかえしならないから、哀しみに沈むより外ないからであろう。この詩は、そのように数多く書かれてきた通夜をうたった作品の中でも特筆すべき佳作であると私は考える。

## 8

吉原幸子の第八詩集『花のもとにて　春』は一九八三年に刊行された。この詩集にはこれまでの詩集に収められていた作品の数篇が再録されているが、これらは私がすでに本項で読んで来たものとほぼ同じ作品である。私の選択と作者の選択がほぼ同じという事実は私にとってうれしい偶然である。

まず「薄明」と題する作品を読む。

うす暗いのだよ
色が　まじり合って
にじんでゐて
音も　とほいのだよ
耳鳴りのやうに虫がないて
ねずみいろの絨毯のうへに
わたしの黒い櫛がおちてる
かいだんがひどく傾く
眠いけれど
眠ってもいいのかしらね
父さんと母さんはいつくるの
わたしは恋をしたのかしら

お魚のはらわたは木にたべさせておやり
花に水をやってね
ゐなくなっても
花に水をやってね

おや　お隣りが火事みたいにまっ赤だ
はやく行って
はやく帰ってきておくれ
小さな子はどこへ行ったの
あの子にごはんをつくっておやり
これから　あさになるの
よるになるの?

＊

あなたの薄明は白いベッドに移されて
病院から帰ると
ひとり　おそい夕食にビールをのむ
一年まへのあなたが
刺身のかざりについてゐたビニールの菊の花と葉を
〈可愛いね〉と　丹念に糸でくくり合はせた
小さな造花が　テレビの上にある

二枚の寝巻が

闇のなかの物干竿にゆれてゐる
からだは縮んだのに　着るものは縮まないで
でも　やはらかい綿（めん）の肌ざはりで

明日までに　乾くだらうか

母親のぼけた言葉まで忠実に聞き取るけなげさ、作者の母親を見る眼差しのやさしさ、いとしさ、こまやかな気遣い、それらが読者の心に迫る、切実な作品である。格別の技巧や工夫があるように見えないけれども、これは高度の詩作法を心得た詩人だけが書くことのできる作品である。
この詩集の第Ⅲ部から「花占ひ」という作品を読みたい。

もう帰ってこないかもしれないひとの
からっぽの部屋に入っていくのは　こはい
思ひ出が　どの片隅にも
うづくまってゐるから

ヴェランダの手すりには
アイヴィと　てっせんがからみつき
鉢には　虹いろの小さな薔薇が群れて咲く

不愛想に部屋を横切って　時には水をやりにいくが
あのひとがいとほしんだころのやうには　咲くまい

〈花って　お陽さまのはうが好きだから
こっちにおしりを向けて咲くのよね……〉
朝顔がひとつ咲いただけでも
一日ぢゅううれしがってゐたひとよ

てっせんの青い花びらを数へてみる
　これは八枚
おや　これは七枚
　これは六枚
どれがほんとなのだらう
わたしには手が二本　眼がふたつ
これでいいのかしら　とぼんやり思ふ
（かすかに　天のハサミの音がひびく）

そんな筈はない
勤勉な〈自然〉が　間違へるわけがない

四つ葉のクローバーを探し当てたときのやうな気もしてくる
――あのひと　戻ってこられるのかもしれない……

感傷的とさえ思われるほど、涙ぐましい作品である。これほどに母親を気遣う娘の愛情のふかさに心をうたれる。作者はこの詩に見られるような情感豊かな詩人であった。同じ詩集の第Ⅳ部から「あのひと」を読みたい。

あのひとは　生きてゐました
あのひとは　そこにゐました
ついきのふ　ついきのふまで
そこにゐて　笑ってゐました

あのひとは　生きてゐました
さばのみそ煮　かぼちゃの煮つけ
おいしいね　おいしいねと言って
そこにゐて　食べてゐました

ついきのふ　八十年まへ
あのひとは　少女でした

あのひとの　けづった鉛筆
あのひとの　こいだぶらんこ

ついきのふ　三年まへにも
あのひとは　少女でした
あどけない　かぼそい声で
ウサギオーイシ　うたって

あたしのゑくぼを　見るたび
かはいいね　かはいいねと言って
あったかいてのひら　さしだし
ぎゅっとにぎって　ゐました

あのひとの　育てた花
あのひとの　貼った障子
あのひとの　つくったお手玉
あのひとの　焚いた落ち葉

あのひとの　とかした櫛

あのひとの　眠ったふとん
あのひとの　書いた手紙
あのひとの　歩いた道

あのひとの　見た夕焼け
あのひとの　きいた海鳴り
あのひとの　恋の思ひ出
あのひとは　生きてゐました
あのひとは　生きてゐました

これも感傷的と言えるだろうが、それにもまして母を悼む作者の歎きがしみじみと読者の心に沁みるであろう。単純な形式だが、高度の技術に支えられている。
『新編　花のもとにて　春』は母への挽歌であり、そういう意味で『花のもとにて　春』の続編であり、補足編である。やはり読後、作者の歎きを思い、感傷にふけることが多い。この中から「拍手」を紹介する。

たしかに
さうしたくなる瞬間がある

寒々とした風景の中
あらい石まじりの土くれを
男たちのシャベルが柩の上にまきはじめると
彼女は　とつぜん拍手した
ひとりだけ
烈しく

死んだ弟に　だったか
恋びとに　だったか

あの人たちは〝旅芸人〟だったから
あれはいちばん厳かな儀式
いちばん心こめた賞賛なのだ
死者への
死への

役者たちが
ばったりと倒れて死んだ
それから　起きあがってお辞儀するとき

人々は手をたたく
〝よく演（や）った〟と

なぜ
本物の死者に
手をたたいてはいけないのだらう
〝よく生きた〟と

よく生きたと言って拍手して死者を送ってもいいかもしれない。このような発想の独創性に私は感銘する。しかし、たとえば、私の父母、妻の死にさいし、よく生きた、というような感想よりも、もっとふかい哀しみに私は沈んでいた。作者は稀有の才能に恵まれた詩人であると思うが、この作品を評価したいとは思わない。

## 9

吉原幸子の第九詩集『ブラックバードを見た日』は一九八六年に刊行された。「詫びる」と題する詩を読みたい。

〈ブルータス　お前もか！〉

ああいつかもこんなことがあった
同じ悪夢をくり返し見てゐるやうだ

たしかにわたしは
蹴散らすやうにして　終らせてきたのだ
ひとを　そしてわたし自身を
そのたびに　踏みしだくやうにして

もういい　もうわかった
もう要らない　と
いつも　さびしい啖呵だった
だが　この夕暮れにただひとすぢ
ほの白く浮かぶ長い足跡を
わたしはもはや消すことができない

それを裏切りと呼ぶか
過ちと呼ぶかで
明日からの風景は変るだらう

いまは倒れながら　耐へながら
悲しげな釈明に耳を傾け
信じたものを　ゆるすはうがいい

わたしの与へ得たものについてではなく
与へ得なかったものについて
唇を噛みながら

＊

旅先でたまたま買った凶器が
〝事件〟を呼んだのか
あるひは　すでに
それは予感されてゐたのか

どれほどの怒りをこめて
刃のない白刃を振り下ろさうと
割れるのは　ただ一枚の盆のふちである
酔ひざめて　しらじらと破片を拾ひ

盆に詫びる
二十年　黙々としてそこに在った
最後にはその身を曝して
にんげんを　もっと愚かな錯乱から救ってくれた

盆は裏切らなかった
（過ちさへもしなかった）
それなのに　わたしはにんげんを殺さないで
盆を殺す
じぶんが罰されないために？

わたしがわたしの身代りに殺してきた
数々の〈もの〉たちよ
いつか　復讐にくるがいい
少くとも　お前たちにとって

ブルータスは　わたしだ

この作品において「わたし」は多くを裏切り、多くの過ちをおかしてきた、といい、その裏切りや過ちによって復讐されても仕方がない、という。「わたし」が裏切り、過ちをおかしてきたものたちは、「わたし」を信頼してきたものたちだから、「わたし」はシーザーを裏切ったブルータスだ、という。きわめて多弁な詩であるが、同時に、観念的である。思弁的であって、具象性にかけている。力作だが、作者の詩の一部に共通する弱点であると私は考える。
　同じ詩集の「バイク哲学」はこのような弱点をさらけだしていない。

小さなバイクで　夜の街路をゆく
革ジャンパーを通してでさへ
寒風が　肌につきささる
むしろ清冽な　こんないたみを
長いこと　忘れてゐたやうな気がする

恋もさうだった　いたいものだった

暖房のきいた車で　いくら風を切っても
このいたみは甦らなかったらう
苦しくなくなった瞬間に　愛は堕ちはじめる

ああ　だからきっと
あのひとは裏切ったのだ
もういちど　わたしを寒くするために

*

バックミラーに　間近なライトがまぶしい
前方には　路上駐車
ふくらんではいけない
二十年前の　教習所の講師の声がする
〈ハンドルよりブレーキで　危険を避けよ〉

恋もさうだった　危険な淵だった

ブレーキで避けるかはりに
ハンドルで避けたことが
ありはしなかった？　――わたしよ
よけそこなったハンドルが
罪もないネコを　はねはしなかった？

いま　わたしはゆっくりとブレーキを絞り
タクシーをやり過ごしながら　苦くつぶやく
〈ハンドルよりブレーキで……〉

この詩には珍しく「恋」という言葉が使われている。それだけ、この詩は現実的であり、観念的ではない。これは恋愛詩として推奨できる作である。

恋愛詩としてもう一篇紹介したい。「K・Yさんに」という献辞の付された「ゆめ」という詩である。

〈愛される夢をみた〉
という書き出しの　一篇の詩をよんだ
去年の　桜のころだった
まもなく　見知らなかったその女(ひと)の　訃報をきいた

さうか　さういふものなのか　あの
〈さめてなほ　情感が身のうちにゆれる〉
かなしい旅は
六十五歳の　病み衰へた女体(にょたい)をさへ訪れるのか

わたしもまた
夜ごと　あまたの現をさまよひ　夢にめざめた
だが　かつてこのやうに飾りけもなく
まっすぐに　語れたらうか

ふたたびの春
不幸でもなく　病んでもゐない　午前二時
いつ死んだかは忘れたけれど
愛される夢を　　みない

この詩には後書きがあり、これに「山田記美代氏は長い闘病の中で一九八三年四月一日に第一詩集『野花とて狐雨哭く』を出され、その三日後に亡くなった。六十七歳。」とある。

ここで作者は人生の機微を知ったのではないか。ついでだが、吉原幸子は愛された経験は豊富であったが、愛した経験は乏しかったのではないか。そのために、恋しい、とか、恋焦がれるといった表現を含む詩を読んだ記憶がないのではないか。これが彼女のいう「愛」を観念的、抽象的なものとしている理由ではないか。

吉原幸子の第一〇詩集『樹たち・猫たち・こどもたち』は一九八六年三月に刊行されている。『ブラックバードを見た日』が同年二月刊行だから、ほぼ同時期の刊行であり、おそらくほぼ同時期の制作の作品を作者の考えで分けて刊行したものであろう。それだけ制作の意欲が旺盛であったにちがいない。「猫たち・こどもたち」は別として「樹たち」という言葉は日本語としてあまりに無理ではないか。この詩集の第Ⅲ部に収められている「けものよ」を読む。

思い出そう
おまえが今よりももっと美しかった昔を

おまえは森を駆けめぐり
銀いろの月光にぬれ
緑いろの瞳を闇に燃やした
あるときは　背にきらきらと霜がおりたが
こいびとの熱い舌が　それを溶かした

わたしがおまえに身を包むとき
おまえの血は　わたしの鼓動を搏って

内側からわたしを満たし

わたしは思い出す
けもののはげしさを　やさしさを
その　かなしみを

童話のような作品で、「わたし」の恋人の獣のような振舞いを回想するのだが、はげしさ、やさしさはともかく、かなしみは何故なのか、説明はない。イメージに面白さがあるが、言葉不足の感は否めない。次に「悔み」と題する詩を読む。

また　チロチロと鈴が鳴って
いつもの猫が　わたしの屋根で目ざめる
窓の下まできて　ニャアという

はじめて庭で見かけたとき
目と目が合ったので　呼んでみた
猫にしては人なつこくて
わが家のように入ってきた
チーズと牛乳でおもてなしした

それからずっと　相手はわたしを
友だちだと思いこんでいる
けれど　二度目はチーズだけだった
三度目は牛乳だけ
そして今日は　窓さえ開けてやれなかった

わたしは猫よりも気まぐれだ　と思う
にんげんに対しても　こんなふうに
勝手にふるまったことはないか
はじめだけ微笑みかけたことはないか

ゴメンネ　と　にんげん語でいったりして……

この詩集は少年少女向けに書かれたものであろうか。そのために、他の詩集における歴史的仮名遣いと異なり、現代仮名遣いにより表記しているのであろうか。それにしては「けものよ」などは成人向けの作品としか考えられないので、作者の意図が分からない。いずれにしても、この「悔み」という詩は少年少女向けの教訓的な作品であると思われる。そのような意味ではよくできた作品である。

「狩猟本能」と題する詩を読む。

箱をあけて　罠にかかったゴキブリをみつめる
わたしの中の残酷をみつめる
すばやく数える　動かないのが十五
まだヒゲをそよがせているのが八
(みんな一センチあまりの小型ばかりだ)
そのうちの一匹は　まるで胴体ぜんぶほどの大きさの
卵？　らしいものを押し出しかけている
前におなじようにしていた　死んだ一匹の周りには
あれが間もなく孵ったのだろうか
ゴマ粒ぐらいの小虫たちが　固まって付着している
美しい秋　この幼いものたちの一生は
一、二歩匐って　そして餓死だった
これらがわたしにどんな不幸を　どんな伝染病をもたらしたか
眉をひそめ　ほとんど泣きそうな顔で
もがきながら内臓を押し出す母親をみつめる
そこへ新しい一匹が匐ってくる
と　急にまたむきになって箱に追いこむ
スイッチ一つで〈インベーダー〉を殺しまくる
少年たちと　比較してみる

どちらが〈悪〉で
どちらが……面白いだろう？

これも子供向きの教訓的な詩である。私には、狩猟の本能というより、殺戮の本能を子供たちに戒めているように見える。

「ネコは笑わない」と題する詩がある。＊印で区切られた三つの断章から成る作品だが、その最初の断章がすぐれている。

ネコは笑わない
うれしくても　おかしくても
じぶんがドジをやったてれかくしにも

ただ　きまじめに
じっと見る
目を合わせて　それから　目をそらす
空が青いなあ　というふうに

（呼び声に答えようとして　声がかすれて
かすかに　ほほえむことは　ある）

私は猫を愛玩する趣味はないし、むしろ、嫌いだが、この作品は猫の生態をよく捉えているように見える。ただ、それだけと言えば、それだけの詩である。
この詩集の第Ⅳ部の冒頭に「街角」と題する詩が載っている。

映画館のならび　小さな焼栗屋の前を
若者がふたり
陽気に語らいながら　ゆく
(焼栗を売っているのも　若者だ)

ふと思う
何十年かのち
(わたしはすでに存在しないある日)
この街角のたたずまいはさして変らず
ちがう若者が　白い帽子をかぶって店先に立ち
ちがう若者たちが
香ばしい夜の中を大またに歩くだろう
そのときも　彼らが長い髪をなびかせ
笑いさざめいていられるといい

あのふたりは　穏やかに老いて
通りすぎる群衆にまじり
ふたたび肩を並べているかもしれない
焼き栗の匂いをかいで
昔を思い出したりするかもしれない

わたしたちは　ひっそりと
人生を交替する

現実にはあり得ない空想である。私たちの文明の変化の速度はすさまじく速い。しかし、現実的でないとしても、この作品における作者の空想は、人生と世代交代に対する穏やかで、暖かい心に貫かれていて、私たちを心地よい気分に誘う。好ましい小品である。

「愛されていた」という詩が収められている。「彫刻の森・朝倉響子氏作品「女」に」という附記が付されている。この彫刻作品は私も好きである。

見えない椅子に　背をもたせかけ
女は　きこえないもの音をきく

女たちはいつも
にんげんの　やさしい声が好きだった
ささやくように　名を呼ばれたり
こどもたちの笑いに　ふりむいたり

シチューのぐつぐつ煮える音
階段をあがってくるフェルトのスリッパ
日常の　やわらかいもの音が好きだった

けれどいま　こうしてひばの林のはずれに
つめたい素足で　坐ってみると
幸せたちの　すばやく老いてゆくのがみえる
風がきこえる

ふりむいたまま　時がとまれば
浮かべかけたほほえみは
森よりもながく　のこるだろうか？
もう　土に還れなくなってしまった

女はひとり　風をきく
風のなかに　ふと　きれぎれの
遠いむかしの恋唄をきく

吉原幸子はこのような抒情詩の名手である。私はこの詩を彼女の作品のなかでも屈指の作品の一つと考えている。彼女は多種多様な詩を書き、それぞれ読み応えがあり、感興を覚えさせたが、本質的には抒情詩人であったように思われる。

## 11

『樹たち・猫たち・こどもたち』に続いて一九八八年に『新編　花のもとにて　春』が刊行されているが、この詩集はすでに読んだので、次いで一九九五年に刊行された、最後の詩集『発光』を読む。最初に表題作であり、この詩集の冒頭に載せられている「発光」を読みたい。

〈傷口は光る――新技術事業団が解明〉
そんな見出しが　こともなげに
二段抜きの小さな記事につけられてゐる
〈五日後、一秒間に三十個の光子を検出……〉
肉眼には見えないが　光るのだといふ

あのなまぬるい赤い液体にばかり気をとられてゐたが
さうか　傷口は光るのか！
六ミリ四方の皮膚を切りとられたハツカネズミの
聖なる背中が　わたしの中で増殖する

実験用ウサギのつぶされた目も
あの女(ひと)の法衣の下の乳癌の手術あとも
〝車椅子の母〟の帝王切開も
聖(サン)セバスチャンの脇腹も　折れた象牙も
今もアラブで行はれるといふ女子割礼の傷口も
シーラカンスの傷もシイラの傷もシマリスの怪我も

ホタルのやうに　夜光虫のやうに
ヘッドライトに浮かぶ野良ネコの瞳(め)の燐のやうに
この地球(ほし)のなつかしい闇にただよって
あんなにキリキリと痛んだわたしたちの生(いのち)も
ほら　やっと静かにまたたいてゐるよ

あそこに
ハツカネズミのとなりに

吉原幸子ほど愛の傷口についてうたった詩人は稀であろう。傷口は光る、という記事から彼女は強い刺激を受け、傷を負った多くの人々を思い浮かべ、それらの傷口の光を思い遣っている。この詩の興趣はこれらのイメージが変化に富み、多様なことにあるのだが、この詩の裏側には愛によって負った傷が光ることを知って愛が報われたと感じている心情があるように思われる。イメージの豊富さと表面には現れていないモチーフによって、この詩は秀逸な作となっていると考える。

「蟬」と題する詩を読む。

明け方の五時に啼きだすのは　耳につくが
ゆふべ何時ごろ啼きやんだのかが
いつも　思ひ出せない
(短い生(いのち)のかれらでさへ　よるはねむる)
一(ワン)フレーズを終る寸前に
ちょっと語尾を上げるセミがゐる
ミーンミンミンミンミン　ミーン？　ミーン　と

あの節回し　きいたことがある
六年も前なのだらうか

公園のプラタナスのまだらな幹に
六年前　母ゼミがしがみついて産んだ卵が
いま　父ゼミのくせを遺伝して
啼いてゐるのだ　ことさらに短い夏を

同じ訛りのセミの声を　ほんの十回ほどきいて
じぶんの訛りですこしうたって
人生も終る

最後の二行がなければ、取り得のない作品だが、それを考慮しても思いつきを出ない作品である。「夏の日記より」と題する＊印でくぎられた三つの断章から成る作品がある。その二番目の断章を読む。

ひれを傷めて
泳ぐことも　書くことも不自由になった
いっぴきのイルカの

声の便りをテープできいた
イルカは大阪弁だった
〈かならず　その海へいきます
それまで　海は　そこにあってください〉
まだほんの少し泳げるわたしに
その声はまぶしくて　痛い
（わたしは海にゐるか？）

可笑しい作品であり、作者の才気を窺うことができるが、思いつきの域を出ないように思われる。
「むじゅん」と題する詩を読む。

とほいゆきやまがゆふひにあかくそまる
きよいかはぎしのどのいしにもののとりがぢっととまって
をさなごがふたりすんだそぷらのでうたってゐる
わたしはまもなくしんでゆくのに
せかいがこんなにうつくしくては　こまる

＊

とほいよぞらにしゅうまつのはなびがさく
やはらかいこどもののどにいしのはへんがつきささる
くろいうみにくろいゆきがふる
わたしはまもなくしんでゆくのに
みらいがうつくしくなくては　こまる！

平仮名だけで書かれたこの詩は美しく切ない。しかも、ここには機知があり、諧謔がある。作者の才気が現れている。

この詩集の第Ⅱ部に「櫛」という詩がある。「T・Y氏に」という献辞が付されている。

こぶしの花咲く
古びた里の　石だたみの坂を
あなたがおりてくる
わたしを含めた数人も　おりてくる
送られてきたときはふつうだった写真の
あなたの回りだけ
オーラか
含羞か
いま　赤い光に包まれてゐる

あの日　あなたは
一枚の黄楊の櫛を買はうとして
土産物屋の店先で　しばし　迷つてゐた
ひとつでいいの？　と
わたしらしくもなく
ふと　からかふと
ああ　さうだな
これ　おれのにするよ　と
薄くなつたわが髪を
ことさらにおどけて　梳かしてみせた

別れの儀式に
いちばんかなしさうな
ふたりのひとが並んでゐた
花と水
陽と月
のやうだつた
どちらがあの櫛をもつてゐるの？

ひそかにあなたに訊ねたが
ふたつの極の間で
あなたはまだ　途方に暮れた磁石みたいに
笑ってゐた

帰って　もう一度眺めると
写真のオーラは　炎えあがるほどに
赤い色を増してゐる

これまで読んできた作品と違い、この作品には物語がある。他人が存在する。実在感をもって他人が描かれている。この詩人の多面性の一面として紹介する。

吉原幸子は才気のある詩人であった。本質的には抒情詩にもっともすぐれていたが、感受性が豊かで多面的な活動を示した詩人であった。

高橋順子

1

私は高橋順子の詩は車谷長吉との結婚以後すばらしくすぐれたものになったと考えている。高橋順子のばあいは、車谷長吉との結婚以降どのような経過を辿って結婚以後の作にみられるような詩を書くことになったのかを検討したい。いうまでもなく、第一詩集以降の諸詩集などにも評価すべき詩が少なくない。車谷長吉との結婚以前から、じつは高橋順子は着実に成熟を続けていたのであった。私は車谷長吉との結婚以後の作品を集めた詩集『時の雨』を読み、つよい衝撃をうけ、高橋順子はこれほど卓越した詩人だったのか、と思い知り、そのために『時の雨』より以前の作品を軽視していたのだが、彼女は第一詩集以降、『時の雨』を書くにふさわしい技量をその間に身につけていた。車谷長吉との結婚が彼女にとって大輪の開花の契機となったのだ、といま私は考えている。ここで私は彼女の詩作の経過について誤解してきたことをここで明らかにしたい、と考えてこの詩人を論じるつもりである。

一九七七年に刊行された高橋順子の第一詩集『海まで』に「夏の終り」と題する詩がある。

伊豆急の電車の中に銀色の小物入れを忘れてきたことに気づいて
まだ海から戻ってきていない気持にさせられる

夏が終ってしまったのに
終らせまいとして
ちいさな銀の鍵をかけてきたような

たぶん多くの読者に共感を覚えさせる抒情詩である。ここには確かに詩があり、読後の快い感銘がある。それは過ぎ去った夏への哀愁に似ている。

## 2

高橋順子が一九八一年に刊行した第二詩集『凪』に「寓話」と題する詩が収められている。

自分で自由になる時間がたくさんほしい
そうねカステラを切るみたいに
どこを切ってもいい時間
と思っていた
いざ自由になってカステラをとりだし
ナイフを手に見ていると
わが身を切るように思えた

作者の揺れうごく心情がそれこそ手にとるように分かる気がする。カステラを切るように手軽に自由になる時間など手に入るはずがない。この詩はポエジーというものがどういうものかを熟知している詩人の作である。ことに末尾二行が卓抜である。ここにはある種の生の恐怖感が認められるであろう。「夏の終り」に見られるような抒情は「寓話」にはない。しかし、この「寓話」には人間が存在する。人間の生が存在する。

3

高橋順子の第三詩集『花まいらせず』は一九八六年に刊行されたが、この詩集に「四行詩の植木鉢」という九篇からなる一連の四行詩がある。その「5」は次のとおりである。

ビルのあいだのそらに　しんだ　ちょうが　はねをひろげている
むねのあたりは　よるになると　しろいくもでおおわれる
アイスコーヒーをたのむと　そんなコップしきをだす　みせがある
とんぼ　というなまえの　みせである

侘しい風景である。だが、こういう風景の中にこそ私たちの暮らしがあると思い出させてくれるような詩である。この詩を読んでいると、なんとなく気が滅入ってくる。しかし、私たちは始終、そんな滅入った気分をこらえながら生きているのである。

4

一九九〇年に刊行された高橋順子の第四詩集『幸福な葉っぱ』に収められている「愛住町」は私の好みの作である。

愛住町という町に住んでいたころ
電話で男の人に
「アイズミチョウのアイってどんな字」
と訊かれて困ったことがある
「愛しているの愛です」
と言えなかった
その人はフランス語の先生だったから
おかしな沈黙のあと
「アムールのアイですか」
と疑問形で代りに答えてくれた
英語の先生だったら
「ラヴのアイですか」
と言うのだろうか
まさか

国語の先生だったら
「ツメカンムリに心を書くほうの」と
(愛には爪がある?)
これもまさか
愛って言いにくいからあんまり言ったことがない
したことはあるかもしれない

この詩には諧謔がある。心のゆとりがある。こうして、高橋順子はその詩の領域を年齢を重ねるにしたがって拡張してきた。人生の哀歓を熟知し、清新な抒情から諧謔まで、あらゆる心情の機微を捉えて、成熟してきたのである。

**5**

一九九三年に高橋順子は第五詩集『普通の女』を刊行した。詩集の題名らしくない散文的な題名だが、表題作が収められているので引用する。

「女の詩」という文章を雑誌に載せたら
「あなた女屋になるつもりなの」
と女の人に言われた

女屋というと女で食べていく職業である
「女のくせに高みから女を見ている」
と言った女もいるそうな
おんなのくせに
おんなのくせに
と小声の大合唱

男がわたしに言ったこと
「白髪を染めろ」
「年をとるな」
「普通の女でいろ」

さあこの普通の女が難しい
女屋に聞かないといけない

「女屋」という言葉を私はこの詩ではじめて知ったのだが、男と女との関係を諧謔的に、かつ、揶揄的に捉えている。そういう意味で、この詩には社会性がある。限られた範囲の狭い社会性だが、このような諧謔、揶揄の眼差しを通して、高橋順子はその世界をまた拡張している。

同じ詩集に「溝」と題する詩が載っている。

「溝ができてるんだ」
と言う
そのことばがふたりのあいだに溝をつくった
ということが
今にしてわかる
日課のようにしてあたしたちは溝を掘った
あたしなんかあたしをめくった裏側まで溝を掘っちゃって
ふりむいたときには
あなたがいなかったってわけ

ことばがつくった溝を
埋めることばを知らなかった
いまでも
知らない
詩なんか書いていても

これはずいぶん深刻な詩である。まったく情緒的でないのに、この詩は読者の心情に訴え揺さぶるであろう。言葉のもつ怖さ、恐ろしさを読者に教えてくれるであろう。これは言葉のもつ社会性を掘り下げた作品であるといってもよい。「ふりむいたときには／あなたがいなかったってわけ」というあたりの数行にみられる作者の詩作法の巧みさに驚異を覚える。最後の一行が必要なのか、どうか。私は必要だとも感じ、省いた方が余韻が残るようにも思い、迷っている。

6

ここでようやく車谷長吉との結婚後の作品を収めた、一九九六年刊行の第六詩集『時の雨』を読むことになる。この詩集に「処生術」と題する詩がある。

「八百屋へ行くのに
鏡の前で帽子を三回かぶりなおすとは」
と呆れられている
「あなたには自分をよく見せようとする弱さがある
せめて嫌われてもいいいと思ったら?」

一人で生きてきた臆病な女の処生術は
なるべく敵をつくらないこと
なるべく人を悲しませないこと

黙っていること
でした　いまそれが分かる

ここには抒情性がまったくない。しかし、高橋順子という人間が確実に存在する。もっと言えば、彼女が「つれあい」と呼んでいる車谷長吉という人物が彷彿とする。しかも、詩人の心情が痛いほど伝わってくる。これが「詩」である、と私は考える。彼女の最初期の詩には高橋順子という人物が見えていなかった。作者不在の抒情であった。それが私の不満であった。その後、人物がはっきりと見えるようになり、その世界が次第に広く、ふかくなるのを見てきた。

この詩集の中でも最高の作品であり、現代詩の中でも幾篇かの卓越した作品の一つと考える「壁の女」は以下のとおりである。

男が休日は一人で部屋にいたがるので　女は用もないのに家をあけ
秋葉原の電気街に紅葉など見に出かける
一年も一緒にいると
壁のようだと男が言う
壁を取り外したいときがあるのだ
分からないでもないので
白塗りの壁は黙って靴を履いて外に出かける
誰もわたしが壁だなんて思わない　雀も犬も花も　ゆきずりの者は

わたしを通過してゆく
わたしはわたしにとってゆきずりの者ではない
せめてわたしがわたしにとって壁でないのをよしとしよう
そう思うことで家路につく　靴を脱ぐと
半分だけ壁になるのだ

これは「つれあい」である車谷長吉が神経症のためにはちがいないのだが、私たちは同居していると、いつも上機嫌で同居しているわけではない。夫が妻を、妻が夫を、鬱陶しく感じる時がある。これは当然の事理である。だから、同居人を壁と感じることは決して車谷、高橋夫妻だけの問題ではない。普遍性をもった問題なのである。それ故にこそ、これは傑作なのである。

もう一篇、短い作品「虎の家」を読む。

「二人とものを書くの？
それはいけません
家の中に虎が二ひきいるようなものだ
って言われたよ」
婚約中　男がおかしそうに
女に言ったことがあったっけ
いつかその言葉を思い出すことがあるかもしれない

と女は思った

案の定　男が虎になった　そのあげく
精神安定剤だ　おかげで
いまは猫である
虎のいない家で虎になってもしようがないから
女は猫をかぶったまま
手なずけられた虎猫と
そうめんをすっている

これも普遍性をもつ佳作である。しかも、諧謔に富んでいる。そういえば、「壁の女」にも諧謔がある。これらの諧謔は高橋順子が自身を、客観的に、しかも余裕をもって、見ていることから生まれている。高橋順子の成熟はじつに見ごたえがある風景である。
この作品の次に収められている「まだ　かえらない」は全篇平仮名で書かれている詩である。

せんろ　ひかってる
あすこにすわれば　らくになれる
と　かんがえてる　じぶんに　きがついて
せんろぎわを　はなれたという　おとこ

まだ　かえらない
いつも　ざぶとんのうえに
あぐらを　かいてるひとが
ひとりで　でかけて
まだ　かえらない
いまごろ　どこに　すわってるの
むしが　ないてる

おとこが　いない
あくたいつきの　おとこが　いない
あきの　むしが　ないてる
しんだ　あきの　むしが　ないてる

涙を誘うような切々たる詩である。死んだ秋の虫が鳴くはずもない。しかし、死んだ虫が鳴いているのではないか、と思うほどに心配し、懸念に心が奪われている。初々しい新妻が夫の帰りの遅いのをいぶかっているのとは違う。ひょっとしたら自死しかねないつれあいが帰らないから、最悪の事態を怖れている。その心配、危惧がいたいたしいほどに伝わってくる作品である。全文が平仮名で書かれているのも効果をあげている。この作品が普遍性を持つとは考えないが、心をうつ、という意味では格別の深刻さをもつ作品である。

7

二〇〇〇年に高橋順子は第七詩集『貧乏な椅子』を刊行した。この詩集の中からまず「卵」と題する詩を読むことにする。

「女のひとは月に一度排卵するそうだが
毎月一個ずつ卵を産むのか」
結婚して一年経った或る日
つれあいが訊いた
女人はすべからく浄らかな卵を産み落としてきたと
この人は想像していたのだ
それは魚卵に似ているのか
鳥の卵に似ているのか
その神秘の形状を確かめようとしたのであるらしい
血を流す代わりに卵を産む女が
この人にはふさわしいのかもしれぬ
「壊れた卵をわたしは月に一度流してきたの」

つれあいがはぐくんできた見えない卵を
粉々に打ち砕くほかわたしに何ができたろう
殻の中まで透けて見える明るい秋の日に翳すものを
そうしてわたしたちは失くした

これは奇抜な発想をもつつれあいとの秋の日の会話である。これはつれあいの発想さを面白がれば、それで足りるといってよいが、悠揚迫らずに応対する「わたし」の態度に感銘を受けるべきだろう。愉しい詩とだけ読んでも差し支えない。
同じ詩集に収められている「あの女とこの女」は次のとおりである。

炬燵のそばに
缶ビールの空き缶がたまっている
それは灰皿として使用される
女は空き缶の口に造花のバラの蕾をさしてみた
バレンタインデーとかで男に女友達がチョコレートを送ってきた
その包みについていたものである
けったいな風習や　と男は言うが　まんざらでもないらしい
うまくないいやろが喰うとするか
あなたも一つどうや

あの女が愛人になってくれんやろか
この女に男が言うので
口説いてみたら　とけしかける
そうしたらあたし貯金をぜんぶおろして
競馬場めぐりをするんだ
炬燵の中から威勢よく跳びだすのは　ことばの売り買いばかりで
両名なかなか腰があがらない
もう七百年くらい経ったかな
雪がつもりはじめている

これは大人のための一篇の童話として読めばよい。ふかい意味があるわけではない。しかし、車谷長吉と高橋順子の間ではこんな会話がほんとうにあったかもしれない。

## 8

二〇一一年三月一一日、東日本大震災があった。九十九里浜に面した高橋順子の故郷にも津波が押し寄せ、甚大な被害を与え、一四人もの人が犠牲となって死ぬという結果をもたらした。私は東日本大震災のさいの津波は三陸海岸を襲ったという認識しかなかったから、九十九里にも津波が押し寄せたと聞いたときはほとんど信じられなかった。高橋順子の詩に接してはじめてその被害を知ったのであった。高橋順子は二〇一四年に詩集『海へ』を刊行した。この詩集は二部から成り、第一部に一一篇、第二部にもっぱらこの悲劇をうたった詩一七篇だけを収めた詩集である。まず、この詩集の第二部から数篇を紹介したい。なお、高橋順子の故郷は今では旭市に編入されたが、元来、飯岡といわれた町である。私にとっては、飯岡という地名は、肺結核を病む剣客平手造酒が活躍し、笹川繁蔵と飯岡助五郎が対決する浪曲、講談、いわゆる天保水滸伝の土地として馴染みがふかかった。私の記憶では、天保水滸伝という浪曲、講談では、飯岡助五郎は悪役だったはずである。高橋順子が飯岡の出身と聞いたとき、飯岡助五郎を思い出し、場違いな感じを持ったことを憶えている。「海を好きだった」と題する詩を読む。

海を好きだった
(わたしの第一詩集は「海まで」という)
海が凶暴な力をもっていることは知っていたが
それは海の向こうの海のことだと思っていた
幼かった足うらをえぐる小さくない波の力と砂のつぶを
いまでもわたしの足うらはおぼえている
わたしの海は荒れるときも
防波堤に当たって夢が砕けるように自らを砕き
わたしの夢に侵入することはなかった

三月十一日　東日本大震災が起きた
大津波がわたしの古里にも押し寄せ
中学時代の同級生など十四人が波に呑まれた
これが　わたしの海か
これが　海のわたしか
わたしの「海まで」の矢印は　海によってへし折られたことを
分かってゆかねばならない
一ヵ月後余震の中を古里に行くと
家の庭からも前の道からも
それまでは家並みにさえぎられて見えなかった海が見えた
海が見えた　というよりは
海を見なければならなかった　というべきだろう
海　青い他界
古里の家には昨日青畳が入った
わたしたちは凪を踏むようにして　その上を歩いた

もう一篇「海のことば」を読む。

壁の上のほうに真っ直ぐな

黒い線が残っていて　それは
波が来た跡だと弟が言う
部屋の中に黒い吃水線を
海は引いていった
弟の家族は黒い線の下のほうに布団を敷いて寝る
彼らが寝ている間
海は寝ないで海の言葉を
くり返している
くり返している
あ　風がでてきた
あ　楽器が壊れた　すると
弟たちは寝汗をかく
海は魚や昆布をふとらせ
貝がらを舌でなめ
月のように光らせる　やさしいこともするが
時折陸地をのぞきに行く
やさしいこと
やさしくないことは
海にとっては同じこと

おやすみ　おやすみ
ずっとおやすみと
海は陸のいきものに言いふらし　言いふらし
もんどり打って帰ってくる
海の引く線は
透明であるべきだと
海は考える
しかし海は黒い線を引く

さらに「海は忘れない」を読みたい。

町を歩いているとき
わたし（わたしのいのち）は意識したくない
いまにも頭上にクレーンが倒れてくるかもしれないのを
いまにも足元にマンホールの蓋が開いて　そこから
海が湧いてくるかもしれないのを
もしも意識したら　恐怖のあまり
わたしの暦はまるまってしまう
それを元にもどして

歯医者さんに予約した日時を確かめなければ

あの日
東日本の太平洋側一帯に波のクレーンが落ち　海が襲ってくるのを
わたしたちは直前まで知らなかった
知らないでわたしたちは歯医者さんに行っていた

古里の海はいつも荒れていたが
荒れているなりに静かだった
三百年間海は静かだったので
海に守られていると町の人びとは信じていた
人びとは三百年前のこと「元禄十六年十一月廿二―廿三日晩
浜津波三丁退転七十余人死家船共に皆無」を忘れた
わたしたちは小さな貸し借りや
三日後の約束で頭をいっぱいにしていた　恐怖の代わりに

三百年が経って　海はようやく歯を剝いた
海は忘れなかった
大津波を

そのとどろきを　その目くらましを　その黒さを
再現した　十四人を呑んだ　それから砂浜に白い貝殻を撒くことを
流木を岸辺に返すことを　忘れなかった

忘れる者であるわたしたち（わたしたちのいのち）は
海の怖さを忘れる
海の美しさを忘れないのは
わたしたち（わたしたちのいのち）ではない
いのちを忘れたわたしたちである

この詩の中の「元禄十六年」以下は旭市飯岡の玉崎神社の古記録による、と註がある。私の手許の歴史年表によると、元禄一六（一七〇三）年、一一月、南関東大地震、江戸市中の被害大、江戸大火、湯島天神、聖堂など罹災、という。この地震が飯岡辺りの太平洋岸にも大津波をもたらしたのであろう。作者は伝聞により書いているのだろうが、津波の「黒さ」など私は聞いたことがなかったし、白い貝殻を撒き散らしていった、ということも知らなかった。いうまでもなく、作者は私たちのいのちが海の怖さを忘れ、私たちのいのちが海の美しさを忘れないのだ、ということを読者に伝えたいのである。教えられることの多い作品である。

この第二部の作品として、最後に「津波が残していったもの」を引用したい。

「他に上げるものがないから」
と言って　母がお見舞いのお礼にと
津波に耐えた手造りの梅酒を送ってきた
梅酒の瓶はいっとき海水に漬かったのだが
潮に引かれなかった
ずいぶん引かれた人がいたのに
人よりよほど軽かったのに
いや軽かったから無事だったのだろうか
潮が瓶の上をすべっていったとか
潮の向きとは逆に瓶が回転したとか
どんな海の法則によるものか知らない

かれは苦闘の後も無口で金色の水をたたえているだけだ
口をあけても　かぐわしい息をさせるだけ

*

「もう嵌めないから」
と言って母がくれた紫水晶の指輪は

蝶番の錆びた小函に入っていた
潮をくぐったので　じきに赤錆が出た
小さな海賊箱のよう

母は思い出してはなくしたものをかぞえているが
海に体ごとさらわれてしまったら
そんな嘆きをすることもなかった
一つ二つとかぞえて嘆くことができることは　いい

心暖まる作品である。ことに最後の一行が印象的である。ことに一字空けにして「いい」と結んだのが、心にくいほど、巧みである。
ここで第一部の作品に戻り、「喜んで」と題する詩を読む。

居酒屋の椅子に坐って　たとえば
生ビールとゲソあげと秋刀魚の塩焼きを注文する
店の人は朗々と声を張る
「ナマ・ツー、ゲソ・ワン、サンマ・ワン！」
するといっせいに
「喜んで！」

と返ってくる店がある
店内の決まりであることはすぐに分かる
客を喜ばせるためだとしたら
客の耳はすぐに飽いてくるものだ
「喜んで!」と叫ぶと自分で喜ばしくなるのも
最初のうちだけだろう
規範に則った作品を手早く作り並べることは
いつもの仕事だから
いつもいつも喜べるものか
自分で飲めない生ビールが目の毒だと思う日もあるだろう
油の匂いを嗅ぎたくない日もあるだろう
現代詩は言葉をぎゅうぎゅういじめているが
居酒屋の人もいじめているのだ
いじめているとも思わずに
彼らは　わたしたちは　そのうち「喜んで」の本来の意味を
忘れてしまう
喜んで忘れてしまうだろう
言葉はそうやって仕返しをする

これは常套句に対する怖れをうたった、かなりに思弁的な詩である。言葉のもつ初々しさ、はじらい、清らかさなどを忘れて無造作に便利遣いしてはいけない、と自戒している詩である。もっと私見を加えれば、言葉そのものには、初々しさも、はじらいも、清らかさもあるわけではない。そういう初々しい、はじらうような、清らかな、新鮮な匂いをもつ言葉の探求者でありたい、というのが、詩人の夢である。高橋順子は言葉をいたわるように使わなければならない、と説いているのである。私はここに彼女の詩人としての天分を見ている。

最後に第一部から「蜆蝶」という作品を引用して高橋順子の項を終えることにする。

池の平で薄雪草の写真を撮って
それを机の前の壁に貼って
一年眺めていたが
なんだかこのごろ写真の花に生気がなくなった
わたしが一年かけて吸いとってしまったのかしら
もう乾いた花の写真は捨てよう
風露の花の蜜を吸っていた蜆蝶も
もう飛んでいきなさい
薄雪草も　もう花びらを閉じなさい
野原は　秋になりなさい
わたしは　老人になりなさい

なんて言うと老人ではないみたいだね

高橋順子は年齢からみれば老人の範疇に入るかも知れないが、自分では老人とは思っていないはずである。老人であるかどうかは、年齢によらない、と私は考える。感受性による。この詩の感受性の若々しさからみれば、まだ青春期から遠くはなれてしまったわけではない。彼女は成熟した。男と女との関係を通じて、狭いながらも、日常を越えた社会性を身に着け、広汎な詩興の領域をもっている。現存の詩人の中で稀有にすぐれた詩人であると私は考えている。

車谷長吉が誤嚥のため死去して以後、見かけた高橋順子の詩はますます冴えてきている感をもった。彼女はいま女性詩人として現代詩を代表している、もっとも重要な人物である。

井坂洋子

1

井坂洋子の第一詩集『朝礼』は一九七九年に刊行された。彼女は一九四九年生まれだから、そのとき、すでに三〇歳であった。私は彼女の詩集『朝礼』を目にしたとき、作者は二〇代の前半であろうと想像した。たぶん、巻頭の表題詩「朝礼」の清新さが印象ふかかったためではないか、と思われる。「朝礼」は次のとおりの作品である。

雨に濡れると
アイロンの匂いがして
湯気のこもるジャンパースカートの
箱襞に捩れた
糸くずも生真面目に整列する

朝の校庭に
幾筋か
濃紺の川を渡す要領で
生白い手足は引き

貧血の唇を閉じたまま
安田さん　まだきてない
中橋さんも

体操が始まって
委員の号令に合わせ
生殖器をつぼめて爪先立つたび
くるぶしにソックスが皺寄ってくる
日番が日誌をかかえこむ胸のあたりから
曇天の日射しに
ゆっくり坂をあがってくる
あの人たち

川が乱れ
わずかに上気した皮膚を
濃紺に鎮めて
暗い廊下を歩いていく
と窓際で迎える柔らかなもの

頬が今もざわめいて
感情がさざ波立っている
訳は聞かない
遠くからやってきたのだ

私には、末尾の五行の意味が正確に読みとれないのだが、遅刻してきた二人の同級生に迎えてもらって、感情にささ波が立つ、というほどのことと一応理解しておく。いずれにしても、この詩の読みどころは、体操が始まると、号令に合わせ、生殖器をつぼめて、爪先立つ、という詩句にあることは間違いない。いうまでもなく、このような女性、ないし女子学生の生理的反応については私は無知だったから、この句に接してドキッとしたし、なるほど、そういうものか、と教えられた。ただ、これらの詩句がこの詩の読みどころであるのは、生殖器というような露骨な表現にもかかわらず、この詩がじつに清潔な感じを与えるからである。この詩には一〇代後半の純真さや感情の起伏の楚々とした動きがじつに率直に語られている。実際は、一〇代後半の少年と同じく、少女もまた、このような純真さなどは、ほんの一面にすぎないと感じているが、それはともかくとして、「朝礼」は井坂洋子の詩人としての出発をかざるにふさわしい作品であると私は考える。
この詩集の「朝礼」に次いで収められている「制服」は「朝礼」に比べ、私の評価は低いけれども、やはり井坂洋子の才能を窺わせるに足りる作品である。

ゆっくり坂をあがる

車体に反射する光をふりきって
車の傍らを過ぎ
スカートの裾が乱される
みしらぬ人と
偶然手が触れあってしまう事故など
しょっ中だから
はじらいにも用心深くなる
制服は皮膚の色を変えることを禁じ
それでどんな少女も
幽霊のように美しい
からだがほぐれていくのをきつく
眼尻でこらえながら登校する
休み時間
級友に指摘されるまで
スカートの箱襞の裏に
一筋こびりついた精液も
知覚できない

この詩を読んで注意を惹くのは最後の四行「級友に指摘されるまで／スカートの箱襞の裏に／一筋

こびりついた精液も／知覚できない」にあるにちがいない。ことに「一筋こびりついた精液」という言葉であろう。現代詩において「精液」というような言葉を露骨に使うことは稀である。だが、この四行には作者のスカートの箱襞の裏に一筋こびりついた精液を級友に指摘されたことについての羞恥と一筋の精液に対する嫌悪とがこもごもにこめられている。だから、こうした現象にすこしの距離をおいて自分を見ている。それが「知覚できない」という表現だろう。気づかない、といってしまえばよいのに、ことさら「知覚できない」と表現したのは、気づく、という以上の衝撃的な認識を作者がいだいた事実を読者に伝えたいと考えた上で、「気づく」という日常的な言葉でなく、「知覚」というあまり耳慣れない言葉を選んだのだと私は考える。

この詩でも、詩の内容にかかわらず、詩は清潔な感じを与えている。これはおそらく作者が、いつ、どのようにして、スカートに精液がこびりついたのか、記憶がないことによるだろう。そういう意味で登校途上を叙述した部分は貧しいのではないか。「みしらぬ人と／偶然手が触れあってしまう事故など／しょっ中だから／はじらいにも用心深くなる」と言うけれども、手がふれるほどのことで精液がスカートにこびりつくはずがない。常識的にいえば、作者は満員電車で痴漢に精液をかけられたためではないか、と思われる。そのたぐいの体験を示唆し、暗示するような叙述が一行もないことが、この詩の欠陥ではないか。あるいは作者にはどうして精液がこびりつくような事件がおこったのか、まるで思い出せないのかもしれない。作者はそんな純情可憐、無垢な少女であったのかもしれない。それなら、それなりの説明が欲しい。これは望蜀（ぼうしょく）の願いであろうか。

同じ第一詩集に「素顔」という詩が収められている。

服のように
簡単に顔をぬげなくて
苦しい

声をかければ楽になるが
瞬間に
逃げてしまうだろう
気持をこらえて
目を中心に
ものすごい速さで混み合う
あなたの表情を
両手で支え
くるしんでいるうちに
呼吸をするように
ふっと
素顔になる

目を閉じる
しきりに何か降ってくる

真昼

　自分には「素顔」があるのではない、いま鏡に映っているのは自分の素顔ではなくて、仮の顔なのではないか、という思いをもつ人は少なくないはずである。そういう素顔を見出すには尋常でない苦しみに耐えなければならない。そうして素顔を見出したとき、世界は変わっているにちがいない。「何か降ってくる」と作者はいう。何が降ってくるかは作者にも分からない。そのような野望をともかく詩に書いてそれなりの作品としていることに私は好感をもつ。ここで自分の素顔を発見しようとする作者に読者は注意をとどめておくとよい。私はここに作者をその生涯にわたって詩作に駆り立ててきた動機があることをやがて知るであろう。

2

　井坂洋子の第二詩集『男の黒い服』は第一詩集刊行の二年後、一九八一年に刊行された。私はこの詩集の中で「朝の気配」を屈指の佳作を考えている。次のとおりの作品である。

　はじまりのための
　動静をさぐるふらつき
　中腰で
　ストッキングをはく

わたしをぬすみ
鏡は深夜から立ちあがっているが
まだ姿が決まらない
伸びすぎた腕を
手首でしめる腕時計の
文字盤が
はだいろを帯びてくる
夕べの復習をおさめた
かばんの中身も
少しずつ生ぐさくなる時間

ひと朝ごとに
姿を先に立たせて
そのあとをついていく
先々の
風景がはめ絵のようだ

これは何ということもない、日常瑣末の動作にすぎない。しかし、この日常瑣末がここまで精密に微妙に捉えられた作品は稀有である。女性の出かける前の一挙一動が目に浮かぶように描かれている。

第二節で、はめ絵のような、決まりきった先々が待っているのを知って「姿を先に立たせて／そのあとをついていく」という表現も卓抜である。

同じ詩集に「生体」という作品も収められている。これも一読、かなりの感銘を覚える詩である。

至近距離で
顔を見
見るだけで声にはならず
気持がつたわったような気になって
別れた
（あなたは怒ると笑うような表情になる）
あまり近くで見詰めていたので
視界の修整がきかない
駅の階段を
背中だけの人が大量に降りていく
みんな上手に低くなって
地下鉄に乗りこみ
先をきそって
目を閉じる

轟音が怒りを敷いていくようで
疲れたからだが鳴っている
車窓には首のない生体が揺れる
（一度でも思いだしておかなければ
二度と思いだせないことばかりだ）
駅名を告げられる前に
獣のように膨張した頭をゆり起こす
それから
弾力を求めて
人の波にぶつかっていく

　これはおそらく同棲ないし結婚していた男との訣別を出勤の雑踏する地下鉄の駅や車内の風景に重ね合わせて描いているのであろう。「車窓には首のない生体が揺れる」というのは、車窓には首から下しか見えないということと、車内の乗客には体はあっても首がない、頭脳がない、生物にすぎない、という意味を二重に含んでいるのであろう。別れた男も、いまはたんなる、首のない生体にすぎなくなっているという意味で、この詩にくみこまれているのであろう。そう指摘されてみれば、電車の車内の乗客はだれもが人間性を失った生体にすぎないのではないか、という作者の思いに納得することもできるはずである。平凡な景色に本質的に潜む恐怖がここに描かれているといってよい。

井坂洋子は一九八二年に『GIGI』という詩集を刊行している。書下ろし二八篇を収めた、と帯に書かれている。詩興が次々に湧いてくるのであろう。しかも、その詩篇の質は、当然ながら、それまでの詩境を継承しているが、新奇な試みも認められる。「ひょっとこ」と題する詩がある。

買もの籠をさげた　彼女が通りに現われる
ひょっとこの面
麻痺したからだで内股で歩き
交叉点で止まると肉がたるんで
全身に震えがつたわる
彼女は三丁目、鶏肉屋のとなり
暗い小屋に棲み
向かいのマンションのこどもが
三輪車をこいできて
小枝の先でスカートをめくると
エッチ
と、うれしそうに言う
こどもと動物には

親しげに近づいていき
プイと離れる
女の子は気味がわるそうな顔をして
夏でもブラジャーをつけない
大きな乳房を見あげた
早口で不明瞭に
誰にでも声をかける
もう長い間そこに棲んでいるから
八百屋のおかみさんも心得ていて
熟しすぎて売りものにならない野菜を
ただ同然でわけてくれる
古雑誌やダンボールをかかえて運ぶ
彼女のケンメイな姿に出会うときは
私が沈んでいる日が多く
すれ違っては茫然と
見送ることもたびたびであり
話しかけられると
自分のなかでだけ応えている気になる
薄い膜を通して

彼女の肉体が露わなのだ
夕方から夜にかけて
狭い部屋いっぱいに散らした紙の上に
座り込んでいる彼女を
通りすがりに見たことがあった

老耄(ろうもう)し、おそらく貧しく暮らしている女性を描く、作者の目はやさしい。それにこの作品にもどこか微笑を誘うようなヒューモアがある。何よりも、作者の老女を描く描写力の見事さに私は感銘をうけるのだが、作者はこの老女に自分を見ているのだと解すると、この詩の興趣はいっそうふかいものとなるであろう。

4

上記したような作品によって、井坂洋子は現代詩に新風を吹きこんだのだが、その後の成熟した彼女の作品も例示しておくこととする。第一詩集刊行の一二年後、一九九一年に刊行された詩集『地に堕ちれば済む』に収められている「鯉のひげ」という作品を以下に示す。

夜が静かになっていかず
体の変電所で

何万ボルトからただの100ボルトに
おとしそこなった人間たちが
気炎をあげ
夜明けに
しゅんと白い液を垂らす
繁華街の道筋を
群れと別れて
薄目をあけた夜間灯をたどり
公園に向かう
だいぶ酔って猥雑な気分だ
出来事は時間を惜しんではやめに起きるが
いったい何が起きたかもわからずに
ひげをゆるがせて
人造池の鯉が逃げる
彼らは水の中で急に向きを変える
じっとしていることができずに
死ぬまでそうやって
方向を変えるのだ
私も同じようなものだが

潜水服のように胴をあけて
待っている家へ
体をしまいにいく前に
ひげをゆるがせ
月の光に照らされ
すらり
浄福のせんない姿で立つのである

これは肩ひじはった作品ではないが、社会的な存在として「私」が描かれており、この作品もまたヒューモアに富んでいる、好ましい作品である。それは「私」が「死ぬまで」「方向を変え」家へ「体をしまいにいく」存在であるという認識が示されているから、ヒューモアを読者に感じさせ、好ましく思わせるのだと言ってよい。

同じ詩集に収められた「完膚なきまでの勝利」という作品は、「I」から「V」まで五章から成るが、まず「I（二重身）」と題され、この題には「ドッペルゲンガー」というドイツ語のルビがふられている。

そこにいるのは
やっぱりあなたですね。そうか、
変わりませんね。

もうしっかりあなたが
私の中に居るものですから
おめにかかっても話すことはありませんが、
不思議ですね。
ほんとうのあなたとこうも似ていると
目の前にいるあなたが
あなたであってあなたでないような
夢のような気持になります。
私ですか。
だんだん肉がおちて
霊だけを無残にひきずって歩いているのです。
それでもあなたには
私がみえているのでしょう。
こうしていると
あなたの中の私がどんな顔をしているのか
わかります。ええ。
よくあなたに素直になれと言われましたが
その顔を消さないうちは
不自由で

人と会うのが辛いのです。
ほんとうの私より
ずっとすっきりした面構えで
みすかされているのですから、
あ　笑いましたね。
あなたは笑っても
私の中のあなたは
あなたをにらみつけているのですよ。
私の中のあなたと
あなたの中の私と
一緒にさせるために必死になって
冷たい時の間をうろうろしていた時もありました。
おかしな話です。
あなたと別れてから急に
気が軽くなりました。
どうぞお元気で
もうお会いすることもないでしょう。

この詩は井坂洋子の作品の中でも屈指の作である。私たちはそれぞれ自分たちの中に私たちを見つめているもう一人の私たちをもっている。もう一人の私が私を批判し、私を意気阻喪させ、みじろがせ、あるいは、元気づけてくれることもあるかもしれない。このようなもう一人の私を心の中で持たなければ私たちは一日も生きていけないのだが、必ずしもそういう真実に私たちは気づいていないか、あるいは、目を背けている。こうした私という存在の実相は、言葉でいうことはできても、具象的に示すことは極度に難しい。井坂洋子はこの詩でこのような「私」をあざやかに描いてくれたのである。

じつはこのもう一人の「私」の発見こそが井坂洋子の詩作の真の動機なのではないか。そういう感想をもって読みかえせば、「鯉のひげ」も「ひょっとこ」も真のテーマはもう一人の「私」の発見であり、もっと言えば、彼女の詩はつねに「私」さがしなのではないか。

## 5

井坂洋子が二〇〇三年に刊行した詩集『箱入豹』において、彼女はますます成熟している。私が好きな詩が多いので、引用したい作品に困惑するのだが、まず「血流」を挙げる。

いつもより
少しだけ
考える時間がながいと
ボオオオ　ゴオオオオ
耳鳴りが大きくなる

頭頂部の
痛みの山小屋の
かま焚く音か

一生に近道はないが
それほどに　短く
私たちは
棺桶を用意しながら
あそんでいる

夕日も
満天星（どうだん）の葉群も
流れる時間をいただいて　もう
まっ赤になった

死は物体になる誘惑
じぶんの奥に無限の道があり
はじめはこわごわと

最期は駆け足で
さかのぼる

母の顔も忘れ
一生を
ふいにする
よろこびに焼かれて

たとえば、頭頂部の痛みが、山小屋のかま焚く音、と耳鳴りをたとえる表現の巧みさに感嘆するのだが、ごく短い距離に、棺桶が用意されているのに、気づかずに遊ぶ、という表現には私の中のもう一人の私の怖ろしい眼が凝視している。また「はじめはこわごわと／最期は駆け足で」という表現も残酷なほど真実に迫っている。非凡な作である。

もう一篇、「カッパ」と題する作品を引用する。

写真になった祖母と
両口屋の最中を食べる
供えもののあんは
甘みがなにか別のものだ
夢での祖母は

薄いブラウスの下の乳房がふくらんでいた
同級のあいだがらのように
廊下で会って
立話をした

うじのような
みみずのようなものが
皮膚の毛穴に入っていこうとして
指でつまんでひきぬくと
跡に穴があいている夢をみたの
前世ではなにか
そういうものに苦しめられたのかしら

いつのまにかわたしは
水鳥の足など引き
頭を突つかれたりもする浅瀬で
伝説とは無縁に
寝そべっていた
うじをつまみ　みみずを食い

おもいでひとつ湧かず
水中から
枯葭の穂先が
太陽を刺すのを眺めていた

初夏の風が吹いている
水門に影がかかっていた
影は生きていた
「おかえり」
と祖母の声がした

夢の中の祖母は同級生のように若々しい。私は夢の中でカッパに変身している。うじをつまみ、みみずを食い、思い出もなく、つまりは、過去もなく、現在だけを生きている。ただ「影」として生きている。だから「写真」の中の祖母が「おかえり」と話しかけてくれるのである。これは生と死との境界を見ている作者の詩である。この境界を越えることがいかにやさしいか、作者は語り、幻影としてカッパとして生きることもあながち辛いことではないと教えているようである。これは死を身近に感じている人でなければ書くことのできない詩である。まことに独創的な傑作である。

井坂洋子は稀有の天分に恵まれた詩人である。ことに「私」さがしの主題を追って多くの名作を書いている。ただ、私が不満をいえば、詩の素材が私と私の身辺に限られていて、その世界がいかにも狭いのである。狭い世界で多くの名作を遺した故人も少なくない。狭いことは悪いことではない。しかし、井坂洋子にはもっと豊穣な世界を切り開いてくれることを私は期待している。

小池昌代

1

一九八八年に刊行された小池昌代の第一詩集『水の町から歩きだして』に「くだもの」と題する詩が収められている。次のとおりの作品である。

たとえばあの、さくりとして高貴な梨を
みずのなかでひやそう

器のなかでくいくいと
つめたく煮つめられていく秘密

はげしい自意識があるくせに
てのひらばかりに　にぎられて
かたくなってまるまって
やさしいちからになっているあのこ

出来事でつまった内側を

表皮は決して語らない
果肉のなかのすずしい午前
（このひとでなければならないなんて
　そんなこと、たしかに幻想だった）

すっかり皮をむきおわれば
くさっていくよ　と合図され
その、せとぎわを口に含む
食めば笑いのようなくだもの

とおく、オクターブで対話する
わたしとくだものの共鳴音
老いていくことについて

これはみずみずしい感性にあふれた美しい詩である。梨は梨として他者でありながら、作者自身でもあり、この二つが絡みあいながら共鳴する。たとえば、梨をむきながら、作者は恋人について考え、どうしてこの人でなければならないか、と自問するのだが、これは、どうしてこの梨をむいているのか、という自問をかさねている。むき終わって食べてしまわなければ梨の果肉はくさるにきまっているだろう。同じように梨をむいている作者も一日分だけ老いていくはずだと、若すぎる感慨にふけっている。一見したところ、ただ梨をむいて食べ終わるまでを描いているにすぎないのに、その奥に潜む抒情は陰翳に富んでいる。

同じ詩集に「仙台堀川」という詩がある。これは「くだもの」ほど美しくもないし、陰翳に富んでもいない。しかし、読み終わってみると、心が揺すぶられる作品である。

材木屋の店先は
すこし　でこぼこしたとうめいガラスに
古い木の枠
冬になると
やかんが　ストーブのうえで
しゅーしゅーなってた

今は　お客はほとんどこない
それでも
毎日　窓はみがくから
通りすがりが　みんな
姿をうつしてく

社長は石油ファンヒーターにかえて

昼間は「笑っていいとも」を見てる
座敷の奥で
小さな孫娘が泣いた

「うすくあいたたんすがこわいよ」

折り紙でつるを折ってやった
折ってしまうと
夕方はいつもすぐにやってくる

机のうえには
とべないつるが五羽

川は　そういう夜も
両岸に林立する
マンションのあかりばかりを
たくさん　うつす

材木屋の侘しい風景が描かれている。社長というからには、ささやかな材木屋でも会社組織になっているのだろう。材木屋の主人とか、大将とかいえばふさわしいのだが、社長というからなおさら侘しい。それでも律儀だから窓を毎朝みがくのだが、これも通りすがりの人が姿を映すのに役立つだけなのだ。何故か、箪笥がすこしあいているようで、孫娘が怖がっているのだが、家屋が老朽して若干かしいでいるためではないか。折り紙で五羽の鶴を折ってあげても、夕方になると見捨てられて誰も気にかけない。この侘しい材木屋に対比されるように、両岸にマンションが建ち並んでいる。これは取り残された旧時代と現代の鮮やかな対立であり、時代遅れになった者の悲しさでもある。ただ、このマンション群もそう長い寿命があるわけではない。これは古い時代の侘しさ、そういう時代への郷愁の様な感情をうたっているのだが、むしろ時代の推移、変化する迅速さへの嘆声を聞くべきかもしれない。

同じ詩集に「庭園美術館」という作品がある。これはこの詩集の中で私がもっとも好きな作品である。

冬のやわらかいひかりが
窓のかたちに集められ
そのかたちのまま　床に伝わり
その床をあたためている

すこしずつ　屈折しながら
届いていくきもち

平日の美術館は
わたしとわたしでないひとと
はっきり区別して　つつんでいる

だれかが落した釦が
静かな室内を
音をたて　ひかりの中へころがり
いくにんかの視線を集めている

年老いた学芸員は椅子に坐ったまま
端整な横顔をうごかさないけれど
ひかりはきっともうすぐに
かれのつまさきにまで届くだろう

私は作者のこまやかな観察眼に注目する。同時に、美術館に差し込んだ光に対する作者の愛情に似た心情に共感する。じつをいえば、この詩の素材はまことに瑣末な事柄である。誰もが見過ごすような現象である。そのような現象から作者は確実に「詩」を発見している。これは作者の資質であり、技量である。

小池昌代の第二詩集『青果祭』は一九九一年に刊行された。この詩集の作品の中から「晴れ間」と題する散文詩を紹介したい。

アールグレイはまったく、雨のあがった直後の、緑草のような香りがした。雨あがり。ものみながぬれて、口をつぐみ、何かの間（ま）としかいえないような時間が、すがすがしく流れ始めるとき。草々の葉先から、最後の雨がしたたる。円の外にはじかれて、はぐれた子供のように、ただ、この時間に立ち合っている、わたしはきょう、初めてこの町へきたか、とおもう。

Kを待っていた。と、やがてドアはあき、彼は入ってくる。光合成のように音もなく、時々、こんな風に割れて入ってくる光がある。

まっすぐまがらずやってきて、すとん、と腰をおろし、椅子をぎいっとひく。そして、ただ、元気か、と聞くのだ。その顔はまるで、本会議の始まる前に、プラネタリウムのはなしをしている男のようだ。答えようもない。

雨があがったよ。

私はこの男女の会話の妙に感嘆する。眼前にみえるように描かれている。それに「円の外にはじかれて」というような譬喩もじつに巧みだと思う。日常がこんなふうに描かれると詩になることにも感心する。

3

小池昌代の第三詩集『永遠に来ないバス』は一九九七年に刊行された。この詩集にはすぐれた作品が多い。選択に迷うのだが、私が小池昌代の初期の代表作と考える傑作は「あいだ」と題する詩である。以下に引用する。

とおくからボールがころがってやってくる
けられたボールがころころ、ころがって
疲れたわたしの方へやってくる
むこうから男の子が駆け足で追ってくる
届くのかしら
届かないのかしら
届いてほしいような
届かなくても、ほっとするような
すると、ボールは　ぽとぽと、ゆるまって
ほんの手前
つめたくて、すこしあまい距離をのこすと

わたしに届かず止まってしまう
あ、と見るわたし
あ、と見たあのこ
もちよったじかんが重なり合わない
こどもと私とボールが在って
みじかく向き合った名もないあいだ
悔やむことなんて、きっとなかった
届かないボールのなんというやさしさ

これは人生において私たちが始終経験する、辛く、悲しい出来事を表現している。その表現がじつに具体的で手に取るように理解できるかたちで描かれている。しかも、この出来事を作者は「やさしさ」と結んでいる。見事という他ない。
おなじ詩集に「湯屋」と題する詩が収められている。

大黒屋のしまい湯は静かだ
はだかになっても汚れのとれない
しんから疲れた老女が
がらがら　と
戸を開けて入ってくる

締め方のゆるいシャワーの蛇口から
水がしたたる音がして
冷たい夜気がすあしのままで
高い天窓からそっとすべり込む
水がゆれている
湯がふちからあふれている
わたしは
何も判断しない
丸太のようなこころになって
ひとのからだをみる
はだかの背や腰、尻のあたりや
それぞれの局部
流れる水もみた
抜けた髪の毛
女のからだのたくさんのくぼみ
そこへ水がたまり
滑り落ちていくのを
何年もいくどもみているような気がする
男湯と女湯をへだてる壁もみた

そして
その壁を
だれひとり
けもののように
乗り越えていかない
乗り越えてこないのを
不思議なきもちで
ゆっくりたしかめた

私は「湯屋」というよりも「銭湯」という私たちがふつうに使っている言葉があるのだから「銭湯」という題にすべきではないか、と感じた。また、どうして入っていくのが「老女」でなければいけないのか、疑問に思った。「丸太のようなこころになって」という譬喩に作者の非凡な才能をみた。その心がみる女体のくぼみやそこにたまる水、などを読むと作者が丸太のような心で見るのは、老女の裸体であるより、成熟した豊満な女性の体の方がふさわしいのではないか、という疑問を感じた。そういう意味で末尾の九行、「男湯と女湯をへだてる壁もみた」以下は余剰ではないか。そういえば、冒頭も説明的であって、詩はもっと肝心な箇所に言葉を集中させるべきではないか、と考えた。ただ、かいまみられることのできない男性の体のくぼみの在る無しとか、その体にそそぐ水の行方を知ることのできない、女性のもどかしさを「乗り越えていかない」と言い、逆に男性のもどかしさを「乗り越えてこない」という言葉で表現しているのだ、と考えれば、これはこれで意味があると思われるのだが、趣味が低俗で、この詩の品格を貶めているように感じる。この詩人は稀有の才能を持っているが、詩集に収められた詩にはもっと推敲の余地のある作品が少なくないのではないか。

4

小池昌代が二〇〇六年に刊行した詩集『地上を渡る声』は三四章からなる長篇詩かもしれないが、一章ごとに詩興は異なるので、「23」の詩をとりあげたい。

階段をのぼりきった踊場のつきあたりに、小さな窓があいていた。子供だったわたしはよくそこから町の風景を見た。
電柱とたれさがった電線
家々の屋根　そのうえに広がる曇天の空
窓はいつでも開いているわけではなかったが、思い出す窓は閉じられたことがない。
そこからのぞく
幼女のわたし
中年のわたし
のぞくわたしも
のぞかれた風景も
なにもかもが

劇的に　高速で変化するが
変わらないのは
あの小さな窓の
床からの高さや（それはあごをややあげて仰ぎみるくらいの位置にある……）
窓の大きさ（それは大人でも子供でも、ひとつの顔をようやく収めるほどの……）
窓から入ってくる光の感触（それはやや暗い、遅い午後の光だ……）
そこから見える空の表情（それはいつだってわびしく灰色……）

すでに遠く生家を離れたが
夜明け前
あたりは暗く
まだどこにも光が見えない闇のなか
計られたように正確な位置に
小さな窓が　あくのである
そこからのぞく
幼女のわたし
中年のわたし
老婆のわたし
見知らぬわたし

のぞくわたしを
こちらからそっとのぞくわたし

わたしという小さな窓が——

この作品は、第一連を読むかぎり、ずいぶんと平凡な回想のように見える。ところが、第二連に至って、読者の心に迫る切実な作品であることを、読者に教えてくれる、そういう性質の詩である。じつは誰もが、作者のいう「窓」を持っている。その「窓」を通して社会につながっている。「窓」を通して社会を見ていると、同じく社会の側も、私たちそれぞれがもつ「窓」を通して「わたし」を見ているのである。これが小池昌代の成熟のあかしである作品と考えて間違いあるまい。なお「踊場」は階段の途中に設けられている空間を意味するので、「階段をのぼりきった踊場」という表現は私には許容できない。

もう一篇、この詩集から卓抜な作品を紹介したい。「25」の詩である。

バケツ一杯に生け捕った鮒を
川へ放つ
ざ、ざ、ざと水音がたち
ばちゃばちゃとはねる音がして
やがて魚が

水のなかへゆらりと戻っていく
ゆらりと　水に一体化して
そうして　なにもかもが　元に戻る
何か　信じられないことを見たような気がするんだ
あの一瞬
僕らは釣りをするために
この川へ来て　魚を釣った
そうだろう？
だけど実は　何もしなかった、何もおこらなかった
魚が川へ放たれた瞬間
僕自身が　ゆらりと　自分から放たれたみたいだった
この世界には
確かにそうして　少しも進まない部分がある
あるいは逆にネジをまくことで
たえずひきかえし、戻っていくところがある
その部分で
ものごとは
例えば水がただ滾々とわくように生成し
「時」は螺旋状に　天井へ向かって　巻き上がっていく

未来も過去もなく進歩もなく
今という時間をあふれさせているんだ

これは鮒を釣り上げながら川にもどしてやる、という単純な行為から時間についての省察にいたる作品である。この論理に同意できるかどうかは、読者は考えなくてもよい。時間感覚というもののふしぎさを感じることができればそれで足りるのである。時間とは何か、を思い起こさせるこの作品は得難い佳作である。

だが、この詩で作者のいう「時」は「未来も過去もなく進歩もなく」、ただ「今」だけがあるという。私からみると、「今」という時間はない。「今」はつねに「過去」となっていく他ない時間である。むしろ、この詩で作者がいうように「時」は「滾々とわくように生成」するという方が、「時」の本質に近い。日常に詩を見出したことに作者の天分をみるが、作者が日常に向き合っているときに初めて日常に詩が潜んでいることを知るのであろう。そういう意味で「23」が「25」よりもすぐれているのである。「23」には「わたし」が存在するから恐怖感も生まれ、存在感も生まれるのである。

5

小池昌代が二〇〇八年に刊行した詩集『ババ、バサラ、サラバ』は彼女の成熟を窺わせるに足る詩を収めているが、長篇詩が多く、しかも散文として成り立つべき作品が多いので、紹介することが難しいし、必要性が高いとも思われない。そこで一篇だけ「スター」という作品を採りあげたい。

わたしは舞台の袖にいて
闇から
光に満ちた板のうえへ
蛇のように抜けて出ていく　あの人を見た
そっとのぞきこむと
観客席は
顔を失い　ぬめりを帯びた夜の塊
そこから拍手と笑いがおこり
桃色のてのひらが　蝶のように舞う
あの人がおじぎした
どうしてだろう
正面から見るのと
こうして横から見るのとでは
あの人は　まったく別の人に見える
ここから見ると
あのひとは残骸だ
無数の鳥たちに啄まれた内臓
だれかがあの人の名前を呼んだ
本名かもしれない　そうでないかもしれない

本当の名前は誰も知らない（本人も）
再び　拍手がおこり　指たちが踊り
無数の赤い唇がさけ
そのなかに
ひとつひとつの　闇の穴があく
がま口のように　性器のように
あの人は　あれにどうやって耐えているのだろう
光を浴び続けて　摩滅した顔
何が終わったというのか
あの人が帰ってくる
舞台の袖に
だれかあの人を抱きとめてやってほしい
わたしはここにいて　ここにいないのだから
あの人にわたしは決して見えないのだから
けれど闇のなかへ　戻ってきたあの人を
人々は　いつも　もてあます
一刻でも早く　光のなかへ
おいやってしまおうと
あの人の背中を　やさしく（決然と）

反対向きに　くるりと直す
光と闇を　幾度か往復して
あの人は水のうえの
もろい紙の船
深夜　たどりついた家のドアを押す
そこにはもちろん誰も待っていない
ベッドのうえ
あの人は口を薄くあけて眠る
小さな蝿が　舌のうえにとまった
あの人は気づかない
もう　死んでいるから

これは哀愁に満ちた詩である。スターといわれる華やかな人が光と闇の間の往復をくりかえしながら孤独に死んでいく状況を冷ややかに描いている。このような憐れなスターの生と死について作者は非情な眼で見ている。しかし、スターとはこんなみじめな存在なのだと作者が考えているのだということを知る以上に、読者はこの詩から何も教えられない。この詩に登場する「わたし」は他人には見えない。いわば、「わたし」はスターとも無縁だし、観客とも無縁だし、光と闇とも無縁なのである。この「わたし」の不在に、この詩から読者が感動したり、共感したりすることができない所以がある。

長篇詩が大部分を占めているこの詩集からもう一篇を選ぶことは至難だが、あえてもう一篇、私が秀逸な作品と考えている詩を引用する。「ふしぎな木のぼり」と題する詩である。

四十歳をすぎた　ある日のこと
いきなり　はじめて　木にのぼった
そこにその木が　あったので

「のぼってみたら」

木の内側から誘う声がして
わたしは石にかみつく狂者のように
勇んで幹に足をかけた

枝ぶりのはげしくこみいった木だった
最初の枝まで
わたしの尻を持ち上げてくれるひとがあり
(それは最大の難事業だったが)
あとは猿をまね
しっぽを巻き上げながら
枝の階段を　一歩一歩　踏み上がり

やがて
てっぺんまでは一気だった
木の上は
静かだった
頭一つ出し
眺めまわした
誰もいない

わたしは自分の目のうごきを
自分のものでない
異質なものとして意識した
そこは浄土のようなところだった

木の先端は　いや　木に限らず
すべて先端は　さびしい場所だ
はげじゃないのに
突き出たあたまが　すうすうする

遠くに小さな集落と

目のような湖が一つ見える
自分の身についたニンゲンの臭みを
もてあましながら
そこに立っていた

のぼれるか
のぼれないか

それは木にのぼったあと
わたしに備わった
木を眺める、新しい尺度

一度でも　木にのぼったひとは
それ以降
のぼれるかという可能性を測ることなしに
木を眺めることは不可能になる

てっぺんまで
のぼったひとは

てっぺんで
何を考えているか
（何も）
ずいぶん長く
降りてこないが——

そういうひとを
木の下で待つのも
わたしは好きだ

決して追いかけて　のぼってはならない
木のてっぺんにあがれるのは　いつだってひとり
一本の木に　一人の人間
それが遠い日に　交わされた
木と人との　契約なのだから

だからわたしは今日も待つ
長く降りてこない　木の上のひと
姿の見えない　もうひとりのわたしを

この詩から読者はまことに多くを気づかされ、教えられるであろう。木にのぼる、という行為が何の譬喩であってもよい。たとえば、デカルトの哲学を木にたとえてみたらどうか。とりつくのは容易ではないが、とりついてしまえば、その論理を追うことはそう難しいことではない。その頂点に到達すると、それまで知らなかった広大な眺望が開かれるであろう。もっと身近にいえば、詩を書くこと、詩を読むことも、木にのぼることに等しいといってよい。どれだけ広い、あるいはふかい世界を描き得たかは詩の作者の「木」の選びかたによるかもしれないし、他人の詩に接することも、木にのぼるに等しい。これはじつに巧みで、深遠、しかも、一見したところ、たわいないように、とっつきやすいようにみえながら、なかなか手ごわい作品なのである。

6

小池昌代には二〇一〇年に刊行した『コルカタ』と題する詩集がある。「コルカタ」はインドの地名であり、この詩集は紀行文集ならぬ、紀行詩集である。その中から一篇「お前さん」という詩をお示しする。

下痢よ　おお下痢
あんたに会うのは　久しぶりのことだわ
最後に会ったのは　十年くらい前だったかしら
神楽坂の日本料理店

生ものにあたって　ひどい嘔吐と下痢をした
一人暮らしをしているときだった
小さなアパートの狭いトイレの　冷たい床に手をついて
わたしは　もうこれ以上　こんな生活はごめんだわとおもった
一緒に食べた人も入院騒ぎ
わたしたち
うまくいっていたのに　結局別れたのは
何が原因だったか
そのときはわからなかったけれど
いまは　下痢が
原因だった　とはっきりわかる
下痢くらい　ひとを真実に目覚めさせるものはない
印度へ行きましょう
そう言われたときに　だから思ったのよ

①下痢をするわね
②ひとと別れるかもよ

①については　まったくそのとおりだった

最初は　水のよう　ピー　シャー　ピー
そのうち固まるだろうと思っていたら
最後まで　グズグズ　ピチャピチャ　ジー
②については
つきあってもいないので　関係ない
はずだったが
中の一人と　衝突して　けんか
詳細は別稿で

下痢、おお下痢よ
経由地デリーの空港で
わたしたちを待っていてくれたひとが悪かったのだ
名前がゲーリー
うそでしょう？
一行五人　一瞬　全員が沈黙した
カメラマンの夏海さんは
奥さんからときどき「お前さん」と呼ばれている　そうである
愛されているのね
わたしがそう呼ぶのは　下痢、あんたのことだわ

印度にいけば　会える親友
元気かしら

詩の素材として下痢を採りあげることには勇気がいるように思われるのだが、小池昌代は果敢にこれに挑み、いささかも嫌味なく、下品でもなく、人間性豊かに詩として表現するのに成功している。やはり彼女は尋常の才能の持主ではない。

小池昌代は現代詩を代表する多くの作品を書いてきた女性詩人である。彼女の作品は身辺の瑣末を材料にしているばあいが多いし、彼女の詩の世界は狭い。しかし、「ふしぎな木のぼり」のように身辺雑記のようにみえながら、高度の知性なくして書くことのできないような世界にまでその領域を拡大している。彼女は今後もっともっと成熟するものと私は期待している。

伊藤比呂美

1

伊藤比呂美が一九八二年に刊行した詩集『青梅』がある。この詩集に「小田急線喜多見駅周辺」と題する詩が収められている。

小田急線はいつも混んでいて立っていく
正午前後に乗る西武池袋線はたいてい座れる都営地下鉄も座れる。
普通乗るのはそういうのである
小田急線の下る方向には大学があるから人が多い。混んだ電車は乗りこむときの感情が嫌いである人を嫌いになりつつ乗りこむ
成城学園で乗りかえる。向かい側にいつも各停が口を開いて停まっている
人を嫌わずに入る。まばらにしか人がいないいつもいない
慣れないのでいつも急行の車輛の前いちばん前に乗ってしまう
急行の車輛のいちばん前と向かい合わせになる場所には各停の車輛がこない。各停は短い
各停のドアまで歩くうちに急行は動き出し成城学園を過ぎて坂を滑りおりていく坂を滑りおりてすぐ停まる
行き過ぎる車外の植物の群生を見ている

木から草になってまた木になる
草の中を野川が横切っていく
車外に植物の群生があふれる
慣れないので各停の車輛のいちばん前にいつも乗ってしまう。改札へ出る階段はホームの中程
にある。上りホームへ渡ったへんで媚びて手を振る

踏切を渡って徒歩10分のアパート
の部屋に入る
何週間か前に踏切で飛びこみがあった
踏切に木が敷かれてある
木に血が染みていた
線路のくぼみの中に血のかたまりと
臓器のはへんらしいものが残っていた

わたしたちは月経中に性行為した

アパートの部屋に入るとラジオをつける
わたしは相手の顔にかぶさって
顔のすみずみからにきびを搾った

剃りのこした頬のひげを抜いた
背中を向けさせた
背中にほくろ様のものがある
もりあがっているから分かる
搾ると頭の黒い脂がぬるりと出る
みみのうらも脂がたまり
搾るとぬるぬるぬるぬると出た
はでけをかんで引くと抜ける
わたしはつめかみだ
つめがない
つめではけがつかめない
はでやるとかならず抜ける
男の頬がすぐ傍に来るいつもつめたい
ひげが皮膚に触れた
ひげは剃ってある
剃りあとを感じる
前後に性行為する
荒木経惟の写真たちの中に喜多見駅周辺の写真を見てあこれはわたしが性交する場所だと思っ

て恥ずかしいと感じたのだわたしは25歳の女であるからふつうに性行為する。板橋区から世田谷区まで来る来るとちゅうは性行為を思いださない性欲しない車外を行き過ぎる世田谷区の草木を見ているこの季節はようりょくそが層をなしている飽和状態まで水分がたかまる会えばたのしさを感じるだから媚びて手を振るが性行為を思いだすのはアパートの部屋でラジオをつけた時である

性行為に当然さがつけ加わった
踏切を渡って駅に出る
もしかしてぬるぬるのままの性器にぱんつをひっぱりあげて肉片の残る喜多見の踏切を渡ったかもしれないのである
水分はあとからあとから湧きでて
ぱんつに染みた

この詩を読んで、私が思うことは少なくない。一つは、この詩における「性行為」および「性交」という表現のもつ意味である。たとえば、一行の第三節、「わたしたちは月経中に性行為した」を「わたしたちはカップラーメンを食べた」と変え、最終節を

もしかしてカップラーメンのつゆが白いブラウスに染みをつくっているのではないかと心配した

とでもかえ、また、「荒木経惟の写真たちの中に喜多見駅周辺の写真を見てあこれはわたしが男を訪ねて彼のアパートへ行くのを覗かれたように感じて恥ずかしく思った」とでも変えたと仮定してみる。そのように変えたときは、たんに作者のある日の行動を記述しただけのことであって、ここには、いかなる意味でも、詩がない、ということが理解できるはずである。つまり、この詩では「性行為した」「性行為する」「性交」という言葉、これらの言葉が読者に衝撃を与え、この作品を詩にしているわけである。いうまでもなく、これらの言葉を公表する文章の中で用いたり、公衆の前で口にしたりすることは、通常は、憚られることであり、私たちはこのような言葉をタブー視してきたと言ってよい。このタブーを無視して、伊藤比呂美は現代詩に新しい領域を開いたと評価できるであろう。

次に、男女の性行為にさいしては、その前に、愛情を囁き合うような会話があり、しだいに情感のたかまりがあり、抱擁があり、接吻があり、といった一連の動作が存在するのが通常であるが、ここではそうした性行為の前の動作がまるで存在しない。ラジオをつけるまで性行為を思いつかなかったと作者は書いているけれども、板橋区から世田谷区まではるばるいくつかの電車を乗り継いで、ようやく男の部屋に辿り着くと、ラジオをつけてすぐに性交し、男のにきびなどを搾りとった後、また、性交し、膣に残っている男の射精した精液の始末もすることなく、早々に男の部屋を立ち去るのである。いつ、性行為をしたいと思ったか、という作者の説明をそのまま受けとることなく、客観的に事実を見れば、作者はひたすら性交するために喜多見駅から徒歩一〇分のアパートに男を訪ね、性交が終われば、男と別れている。これはきわめて動物的であって、人間的ではない。このように人間性に反した性行為をすることに現代の男女関係の在り方が示されているのかもしれない。そうとすれば、ここでも作者は率直に現代の男女関係における性行為の在り方を示すことによって、現代詩に現代的意義をもたらしたのだと言うべきかもしれない。

　この詩が現代の男女の性的関係の真実を描いているとした上で、彼女が男のにきびなどを搾りとる情景に私は嫌悪感を禁じえない。不快感を覚える。だが、嫌悪感、不快感を読者に覚えさせるのも、詩の効用の一つかもしれない。サディスティックな、あるいは、マゾヒスティックな愉悦も現代詩の与える感動の一つかもしれない。そうとすれば、ここでも伊藤比呂美は現代詩の新しい領域を開いたといえるのであろう。

　また、小田急線に乗りこんでから、男の部屋に入るまでの記述がじつに冗長であり、かつ、無意味、不必要に思われる。たぶん、これは「語り」をこの詩が目的としているからであろう。語句に繰り返しの多いのもそのためにちがいない。この詩は朗読を聞けば、興趣が増すかもしれない。ただ、こうした不必要な詩句を長々と連ねることは私の好みではないのだが、好みは詩の優劣とは関係がない。最後に私が気になることをもう一点、付け加えれば、句読点の打ち方がいかにも無原則であることである。

　次にこの詩集を『青梅』と題することにしたことに関連したと思われる作品「青梅が黄熟する」を読む。

　はんもする湿地帯の植物。りょうてでは把握
　できない量。把握できない感情
　欲求
　希望へ！

なんという湿気
足ゆびのまたにまで入りこみ
一足ごとにぎしぎしと鳴る

きたくしてくつをぬぐ
かいだんをのぼってくつをぬぐ
どあをあけてくつをぬぐ
首筋があって靴を脱いでいる
主婦はその首筋にさわる。即座に
払い除けられる
一瞬に毛が密生する体温がゆびのはらに伝わる
なにか
鈍器ようのもの
鈍器ようのものがよい、そう考えてました
りょうてで
ちからいっぱいにこめ
うちおろす
帰宅した男は膝のあたりから崩れ折れる
後頭部を押えて

ゆびのまたからも血が湧いて
手首の方向へながれおちる
イタイイタイと泣くでしょう
からだを折りまげて胎児のかたちになり
わたしからのがれようとするでしょう
しっかりと人間の血、ぬくいです、
脈うってぬくいです、
ぬめります、
追いかけて
せんずりっかき
と罵倒する唾とぶ。せんずりっかきは
泣くでしょう、しゅじんである
ざくろの実。のうみそとか飛びちるし
肉の破片や骨
なんかもある
めがねはずす
涙拭いた
おびえてるよ
その

毛の密生する首筋の
皮膚はなめらかですなめらかにあります
首が起きて男は立ちあがる
把握から抜け出す
なにごともなし
くつをぬいであがる
しょくじしてねむる

夜が明けるとまた朝のうち
雨になるでしょう
そのご草はのびて、青梅が黄熟します

梅雨の季節、妻は鬱陶しい気分で夫の帰りを待っている。足指のまたにまで湿気が入りこみ、一足ごとにぎしぎしと鳴る、という第一節は重苦しい心身の表現として卓抜である。妻は夫の帰宅を待っている。「くつをぬぐ」が繰り返されているのは、すでに妻の妄想が始まっているからにちがいない。妻は夫を撲殺することを夢みている。妻は鈍器のようなものを夫に力いっぱい振り下ろし、流血の惨事となる。妻は夫が流す血のぬくい、ぬめりを愉しみ、せんずりっかき、と言って夫を罵倒する。夫が怯えている。やがて「なにごともなし」となり、すべてが妻の妄想であることが明らかにされる。青梅が黄色に熟するのは、こんな季節だ、と結ばれる。妻がこのような妄想を抱くのは梅雨の季節のやりきれない湿気のためである。逆にいえば、梅雨とはこんな残虐な妄想を抱かせる季節だ、ということをこの詩で作者は語っているのである。このような残虐な行為が詩の素材、主題となることはこれまで少なかった。あえてこのような主題を採りあげるのはやはり伊藤比呂美の資質であると思われる。

この詩集に「魚を食べる」と題する詩がある。その一部を以下に引用する。


いわしのうろこを尾から頭へこそげ落としていった。いわしのうろこは少ない。透きとおったのがとびちった。包丁にうろこ数枚と青く濁ったしるがたまった。これが背の青い魚の背を青くする要素である。

きんきを水の中でおさえて水の中でうろこをかき落とした。きんきのうろこはよくはねる。水の中にきんきのうすあかいうろこがばらばらと沈んでいってたまった。

自分の性器は見る機会がないのである。上から見おろすのでは毛にかくれて見えない。黒い毛がそのへんに集中して周辺には毛の抜いたあとがあかくふくらんでいる。

きんきは赤が褪せた。わたしは包丁を白い腹にあてた。きんきの腹の皮は弾力がある。わたしは包丁の先端を突き刺したが力が入らない。腹が破れるとその腸やうきぶくろを見ることになる。

さかなを食べたくない。わたしは魚のにおいを臭いと感じる。


まだ続くが省略する。「魚を食べる」と題する詩なのだが、魚をいかにさばくか、いかに殺すか、にこの詩の主題は存在するとしか思われない。これも残酷譚として読むべきであろう。その上、「自分の性器」の話題が唐突に現れるのも、文脈からみて、不自然であり、不必要である。作者は性器や性行為を語ることに一種の執着を持っている。

2

一九七八年に伊藤比呂美はその第一詩集『草木の空』を刊行した。この詩集に「あなたは白衣を着ている、あたしは」と題する詩が収められている。

あなたのおっしゃったことを
ひとくちひとくち
くりかえすことも可能
あたしは目をつぶって
いたい
あたし
固い茎
だったあたしいっぽんの
頑な木の皮の木
あたしぽきんと胸を

折って
あたしはエーテルを嗅いじゃった
ねずみは
択ばれて
おなかをひらかれる
あたしは触れられて
あたしはわからない
しずみこむ
そのすてきな
肌の匂い
あたし考える
のいや
あたし目をつぶって
あなたの膝のうえの
ぐったりとやわらかな
エーテルネズミ
淡泊で
やわらかよ
甘み

あじわってよ
何回も舐めてみてよ
甘い
肌と
甘い
　にんげんの表皮のうらの赤らみ

これは実験用のネズミがエーテルによって眠らせられるように、自分もエーテルを嗅いだから私の甘い肌を自由に味わってくださいと白衣の医師に誘いかけている情景を描いた詩である。いかにも素直で、いじらしい愛の告白の詩である。伊藤比呂美はこのような初々しい詩境から出発したのである。
この詩集の表題作「草木の空」を読む。

眉毛を抜いてしまったら眉毛はすくなくなるけれど　ねえおかあさんそれでも
眉毛を抜いてしまったら
眉毛はなくなってしまうだろうか
没・没・と穴があいて眉毛のかたちに
白い禿がおよぐことになるだろうか
ねえおかあさん没・没・と穴はあいてしまうだろうが
みじかいけが生えて

そしてまっ青の眉毛になりはしないだろうか
遠く見れば　ぼんやりなめずる青いかすみの眉毛である
ねえおかあさんそれも抜いてしまうのだから
眉毛はやっぱり白い禿だろうか
額もやっぱり毛無しなわけで　何が
うかびあがるのだろうか
いったい何かのかたちにあらわれることを
するのだろうか
垂れるのだろうか
てってぃできるだろうか　どう
いうふうに？
眉毛を抜いていったらその下の目は
吊りあがるだろうか垂れるだろうか
睫毛はそりあがるのではないだろうかね
空が晴れているのだもの
あたしは曇ったのが好きなんだけど　おかあさんどっちが好きなの
おかあさん　ねえ　その目
その目は飛び出してしまうのではないだろうか
そうじゃなくて眉毛がぜんぶ抜かれているわけだから

飛び出すっていうよりもいっせいに上へ吊ってしまうのではないだろうか
つまり空が晴れたのだもの
ねえおかあさん空が晴れたのだもの
といってて　おかあさんは本当に空が晴れていると感じてるの
ねえおかあさん
眉毛は晴れているだろうか
晴れたら晴れたで
てってていできるだろうか

私にはこの詩にいう、眉毛を抜くことと空が晴れていることとがどういう関連性をもつのか、まったく分からない。この詩にいう「あたし」が恣意的に関連づけているとしか思われない。眉毛を抜くことが化粧の一過程であることは承知しているけれども、この詩では眉毛を抜くことは化粧とは関係ないようにみえる。それより以前の問題として、どうして眉毛を抜くという発想が生まれるのかが分からない。作者には自傷行為を好むような性向があるのではないか、と思われるのだが、自傷行為好みであろうと、なかろうと、このような主題を現代詩にもちこんだことは、私の知る限り、この詩が初めてである。そういう新奇な主題も現代詩においては許容されることを示したことに伊藤比呂美の特異性があるように考える。

3

伊藤比呂美の第二詩集『姫』は一九七九年に刊行された。「とてもたのしいこと」と題する詩が収められているので、まず、この詩を読むことにする。

あの、
つるんとして
手触りがくすぐったく
分泌をはじめて
ひかりさえふくんでいるようにみえる
くすくすと
笑いが
あたしの襞をかよって
子宮にまでおよんでってしまう
(ひろみ、
(尻を出せ、
(おまえの尻、
と言ったことばに自分から反応して
わ。

かべに
ぶつかってしまう
いたいのではない、むしろ
息を
洩らす
声を洩らす
（ひろみ
とあの人が吐きだす
（すきか？
声も搾られる
（すきか？
きつく問い糺すのだ、いつもそうするのだ
（すきか？　すきか？

すき

って言うと
おしっこを洩らしたように　あ
暖まってしまった

このような詩を読むと、ポルノグラフィーのようである。現代詩もここまで来たのだという感慨を新たにする。伊藤比呂美は確実に現代詩でそれまでタブーとされていた領域に踏み込んだ冒険者である。もう一篇「四月の欲求」と題する詩を読む。

撫でてゆくとごろん、ごろん、と鳴る
そうしてその下方へもったり重い
わたしのむないたは厚く
段をつらねて浮かびあがる
すこし、痩せたのだ
毎日の
野菜とアイスクリームだけの食餌が
わたしの胸からも脂肪をおとした
ゆでたブロッコリーとホウレンソウ
カリフラワー
皿に一もりの
アイスクリーム
わたしはつめたさの頭がいっぱいになる
わたしは胸もいっぱいになる
おまんこだけが〝空き〟の概念をいだき

ぱさぱさに
ひらきとじる
迎えいれるその前段階として
男に
段のついたむないたを触らせたいとおもうのだ
同じもののくりかえしは
なんてすてきだろう
固執して
わたしは生のニンジンを食べる
そして
ゆでたブロッコリーとカリフラワー
皿に一もりの
アイスクリーム
体重の減少を
さらに
みちびく

体重を減らすためにずいぶんと苦労していることだと感心する。この食事制限を詩の主題としたのもたぶん伊藤比呂美が最初であろう。私はこの詩にはまるで感興を覚えないけれども、伊藤比呂美のどんな素材でも詩にしてしまう冒険に脱帽する。

4

『テリトリー論』は伊藤比呂美が一九八五年に刊行した詩集である。巻頭の「アウシュビッツミーハー」を読む。ゴチック活字で太く組まれた行分けの詩の間に、小さい通常の活字で組まれた説明が加えられている。行分けの詩形式の部分だけを以下に示す。

そこには
ヨーロッパ人の一般的な偏見とか
ヨーロッパ人の一般的な攻撃性
ヨーロッパ人の一般的な切迫感
一般的な生活の手段とか感情とかが
髪の毛や靴の山のようなかたちをして
積みあげてあって
ガラスケースの中で色が褪せていた
それらは適温適湿で保存されているので
外見は変色しても材質は変わらないのだ
一般的である

けっして特殊なのではない
ヨーロッパ人の伝統的な偏見
伝統的な攻撃性
伝統的な切迫感
わたしは一つの作品を見るようにして
積んであるものを見たのだ
それはとてもいやらしい
夥しい
一つ一つが累積して
集合して
一つの
作品
ヨーロッパ文化がつくりあげた
グロテスク
わたしは絵を見るように
積みあげられたものを見た

ブラシ、歯ブラシ
洗面器、水差し

身体に近いほど
直視できない
直視したい
いやらしさが増大する
個々の身体的なものが
夥しい数に
集合する
この集合した身体的なものは
巨大ないやらしさ
人類の一般的な欲求、快感
そして集合した身体的なものは眼前に存在して
わたしは凝視する
それは隠蔽されていない
ナチスが意図をもって採取したものが
積みあげられ
顕われている
隠蔽されない犯罪は犯罪でない
ような気がする
戦争が終わった時点で

第三者（ヨーロッパ人）が加害者（ヨーロッパ人）を裁き
意図をもって採取し所有した髪の毛
義足、靴、鞄を
押収して積みあげた
所有者が次々に移りそしていなくなったモノが
積みあげられ
むしろ
加害者のグロテスク
むしろ
第三者のグロテスク
を表現する

ばらまかれた写真に個人差を見る
個人の日常、苦痛、希望を見る
でもあとからあとからまきちらされる写真は
夥しい数になり観客席を埋め
集合して
個をけしさってしまうのだ
わたしは積んであるものを見たくて見に行った

ポーランドではアウシュビッツでなく
オシフェンチムと言う
オシフェンチム行きのバスに乗って行く
バスはオシフェンチムの町を外れた博物館の前にも停まる
そこに展示されているものは
ナチスが採取したくて採取したものであり
第三者が展示したくて展示したものだ

この散文の部分を除いた詩形式の部分だけでも充分に感動的である。これまで読んできた詩の作者である伊藤比呂美とは別人が書いているような感じをもつ。ことに私の注意を喚起するのは、第三者（ヨーロッパ人）が加害者（ヨーロッパ人）を裁いた、という認識であり、ここに積み上げられているものを採取したヨーロッパ人であるナチスもグロテスクなら、これを展示している第三者であるヨーロッパ人もグロテスクである、という認識である。この認識によれば、広島の原爆資料館もグロテスクということになるが、同じように、被害者が加害者の行為の結果を展示することが必ずしもグロテスクであるとは私は考えない。しかし、ヨーロッパ人という概念でくくれば、ニュルンベルク裁判の被告であったナチスの幹部たちも、裁判によって裁いた連合国人も同じヨーロッパ人である。反ユダヤ感情はただナチスだけが持っていたわけではない。当時のドイツ人の多くがナチスを支持したのは反ユダヤ人感情がひろく浸透していたからであった。反ユダヤ感情はドイツだけではなく、ヨーロッパ全土にひろく、ふかく蔓延していた。ナチス支持の風潮はドイツだけにみられたわけではなかった。

一九七二年から一九八一年まで国連事務総長を務め、一九八六年から一九九二年までオーストリア大統領を務めたヴァルトハイムが第二次大戦中はナチス党員であったことが彼の晩年に発覚してスキャンダルになったことは誰もが知る事実である。それ故、アウシュビッツの加害者であるナチスは反ユダヤ主義の中核であったが、ニュルンベルク裁判で裁く側であった連合国人も同じヨーロッパ人として内部に反ユダヤ主義の人々をかかえていたのであった。そういう意味で裁く側も裁かれる側と同じヨーロッパ人として「グロテスク」といってよい、と私は考えている。ただし、伊藤比呂美が上記の詩と散文を書いた時、ヨーロッパ人をどのように考えていたか、必ずしも明らかではない。しかし、私はこの詩を書いた伊藤比呂美を誤解しているのではないか、と思う反面、私がここに書いた感想にかなり近い理解と感情を持っていたのではないか、とも考えている。

次にこの詩集の中から二篇紹介する。一篇の題名は「土の下」である。

婚姻によって関係が生じたので八月
お盆に墓参りする。新幹線と中国自動車道を
乗り継いでいくわたしは東京と肉親から
離されていく。墓地の周囲に茶色いナナフシ、緑の
ナナフシ、ハンミョウ、カが繁殖する。クマゼミ、
ミンミンゼミが繁殖する。（義理の）
母の白木の位牌が納骨の時（義理の）父の
置いたままの墓石の上にある。（義理の）父の

動作は緩慢である。苛立たしくなるくらい緩慢に墓を洗う。隣の墓では去年と今年と年子が死んだ。二つ並ぶ棺の形に盛り上げられた土が木の屋根に保護されている。屋根は雨晒しに変色し盛り上げられた土は柔かくその下に二人の六歳が腐敗していくのだ。学童用の黄色い傘が突きさしてある。戒名に一字ずつ入っている二人の六歳の本名を想像する。（義理の）父がナナフシを踏み潰してさらに墓を洗いつづける。東京も肉親も、（義理の）父も夫もわたしがこの墓に入るものだと思っている。

これは夫の母親の死去のために墓参に赴いた情景を描いた作品だが、夫がどう感じ、どう思い、どんな動作をしているかは、まったく書かれていない。最終行から見れば、「わたし」はこの墓に入るつもりはないようである。夫と離婚するのも近いかもしれない。じつに冷ややかに情景をみているのが印象ふかい。夫とその家族との間に距離をおいて、墓参を見ている眼差しの残酷さによって、これは一読、忘れがたい作品となっている。

もう一篇は「霰がやんでも」と題する作品である。

一九〇三年南アメリカのどこかで
小鳥が十二分間にわたって降りつづき
地面は小鳥の死骸で埋まった
小鳥の霰がやんでもしばらくは小鳥の羽毛が
雪のように
あとからあとから舞いおちてきた
あ、
字は違っても「裕美」という名の友人がわざわざわたしのところへ
なっとう、はっさく、卵
を運んで来て
「一緒に食べよう」と言った
「これは無農薬、自然、安全、安心して食べられる」
彼女とはすでに
一緒に食べたことも
一緒に排尿したことも
一緒に排便したこともあるから、こんどは一緒に
分娩したい
とわたしは思う
まるのままのおちんちんのついた（産みたい）

それでわたしと性交できる（産みたい）
わたしに射精できる（産みたい）
髭を剃らなければいけないが（産みたい）
剃っても剃りあとに体臭が残っている（産みたい）
二十二歳の背の高い男を（産みたい）
十九歳の背の高い男を（産みたい）
二十五歳の背の高い二十九歳の背の高い男を（産みたい）
大便みたいに
産もう、一緒に
すてきなラマーズ法で
うー
友人にもう一人字は違うが「弘美」というのがいて
自殺したのである
十一階から飛び降りてすぐ発見された
頭を打っただけで外傷はなく
集まって来た人々に
飛んだのかと訊かれて飛んでないと答え
しばらくして意識がなくなった、と彼女のお母さんが言った
「ひろみ」は手がぷっくりしていてそこのところが「ひろみ」らしい

と彼女のお母さんが言った
飛んだ飛んだ、と言われて「ひろみ」は
飛ばない飛ばない、と答えた、とお母さんが言った
飛んだ飛んだ、飛ばない飛ばない
飛んだのは確かだが、動機は分らない
男のことで悩んだらしいが、真相は分らない
の
のどかなしいたけ
もう一人字は違うが「博美」という友人が
しいたけとこんぶを持って来た
彼女は百円返してくれて、マイルドセブンも二個くれた
のどかなしいたけ
彼女は慢性の腎炎である
塩気があってはならない彼女のマイルドセブン
尿臭のするしいたけとこんぶ
は、は
はずかしい分娩
成長する卵たち
分裂する卵たち

蠕動する卵たちが足を突き出す額を突き出す
うれしい
うれしい卵たち
うれしいしいたけ
うれしいなっとう
うれしいはっさく
うれしい腎臓
うれしい小鳥の霰たち
うれしい「ひろみ」たち
産みたい
産みたい

最初の六行は末尾から四行目の「うれしい小鳥の霰たち」でうけているし、また、この詩に描かれている三人の「ひろみ」は末尾から三行目の「うれしい「ひろみ」たち」でうけているし、腎炎を病んでいる「ひろみ」は末尾から五行目の「うれしい腎臓」でうけているし、分娩に関する事柄はくりかえし語られてきた。「うれしいなっとう」「うれしいはっさく」はこれまでどこにも現れていないが、調子を整えるために加えたのであろう。そう考えても、何故尿臭のするしいたけが「うれしい」か、私には理解できない。小鳥の夥しい死を描いた冒頭六行は素晴らしいが、この六行は以下とは何の関係もない。一緒に分娩しようという「ひろみ」の挿話も、自殺した「ひろみ」の挿話も、「しいたけ」

などを持って来た「ひろみ」の挿話も、それぞれ独立した挿話であり、同じ「ひろみ」という名だからといって、一つの詩にまとめることにはいかにも無理がある。私にはこの詩の構成には合理性がない、作者の思うまま、計算がないと考える。私がもっとも抵抗を感じるのは「産みたい」という男を想像し、これらの男たちと性交することを夢想することである。これは明らかに近親相姦、母子相姦の夢想である。たんなる夢想にすぎないのだから気にするまでもない、と笑い飛ばすことは私にはできない。私はこのような人間性に悖（もと）る夢想を嫌悪し、作者の倫理感につよい疑問をもつ。

## 5

伊藤比呂美には一九八五年に刊行した『テリトリー論2』という詩集がある。出版社は同じ思潮社だが、その内容の大部分は『テリトリー論』に収められているものと同じである。このような羊頭狗肉のような詩集を刊行するのはどういうことか、と私は思潮社の考えを聞きたいと思っている。当然双方に収められている作品だが、「霰がやんでも」の理解をふかめるために「いっしょに」という散文詩の前半だけを以下に紹介する。

「いっしょにおしっこしよう」
つまりこんなことはごく容易に女の子と女の子であればできる。一人がおしっこする、と宣言してしゃがみこめば、もう一人が必ず誘発されてパンツをおろしてしゃがみこむ。二人ないし三人ないし四人がならんでパンツをおろし、どぶなどに向って、おしっこを放出する。

「ちょっとおしっこ」

とはっきり宣言してユミ子ちゃんはユミ子ちゃんのうちの屋外の便所に入った。ユミ子ちゃんのうちは昔からの百姓で、家のつくりが百姓家である。土間と広い庭があり、屋外にモノオキと便所が建っている。その便所のすぐ脇に、小さい池位のコエダメがあり、その周囲をかこむツバキとヤツデの木の間に、コエタゴとヒシャクが放置されてあった。当時既にユミ子ちゃんの両親は百姓をやめていたので、それらが使われていた、コエダメにはコエがたまっていたとは考えられない。

「あたしも」

と直後にヒロミちゃんは便所の戸を開け、早くも尻をむき出しにしているユミ子ちゃんに
「もっと前へ行ってよ」

と言い、パンツをおろしてしゃがみ込んだ。ユミ子ちゃんは、しゃがんでいる両足を片足ずつ前へずらせ、尻を前へずらす。その移動の途中ですでにユミ子ちゃんは放尿をはじめる。ヒロミちゃんも放尿をはじめる。

## 6

私はこのような記述に嫌悪感を覚えるが、これこそが伊藤比呂美が読者に初めて与えた衝撃であり、私たちの知らなかった現代詩の領域であった。しかし、私には、おふざけもいい加減にしてほしい、という思いがつよい。

伊藤比呂美が一九九三年に刊行した詩集『わたしはあんじゅひめ子である』から、「ほとばしる思い」と題する詩を読みたい。

（どうしても彼女を監視してしまう）
と男友達がわたしと性交しながら言った
（相手の行動を把握する、それを追う
電話して出なければ出るまでかけつづける
出たら今はじめてかけたふりをして
今までの行動を何げなく聞きだす）
（きみの職場の窓から見える風景を逐一知りたい）
胃を病んだ男が恋人に書きおくった
（きみがどんな友人とぼくのうわさをするのか知りたい
きみがどんなことばでぼくのことをかたるのか知りたい
きみに甘いものを食べさせて太らせようとするのは誰で
その誰かとはどういう関係にあるのか、そういうことも）
（つい昔の男に電話して何も言わずに切ったりするじゃん？）
と口に怪我をした女友達が言った
（つい相手の家の前まで行って
あかりのつくのを見ていたり消えるのを見ていたり

するよね、誰でも）
そして日常から逸脱する女友達は口を怪我して
日常から逸脱する男友達は性交しなくちゃならない
日常から逸脱して男は胃を病んで死ななくちゃならない
（でもそういうことをする人たちこそ）と口の痛む女友達は言った
（わたしも含めて
ふつうに生活している
でもやはり執着をかかえて生活するのは不便だから
今までおしこめておしこめてきた）とひきつった口で女友達は言った
（おしこめてきたわたしの執着は、いま
台所の流しにむかって
ぬるぬる
ほんの一本のきゅうりの、きざまれる間を待っている
それを酢や、油とまぜあわせるとき
一瞬、覚醒する、そして、また
ラーメンの煮える、三分間を、待っている）
（ぼくたちは
警察的行為を
恋人たちに

はたらいているんだ）と男友達は射精して叫んだ

私にはこれも正視に耐えない作品である。書かれている事実が愚昧だし、低劣である。このような詩に驚愕し、感情を揺すぶられる読者も多いかも知れない。確かにこれは伊藤比呂美が提供した現代詩の新しい境地であり、領域なのだが、現代詩の世界はこのような日常の狭い世界に閉じこもっていてよいのか、という感慨を催すのである。ただし、老人の繰り言と嗤われれば、それまでのことである。

同じ詩集に前記の詩に次いで収められている「今日、わたしは」を読む。

「今日、わたしは」と親しい女から
るす電に伝言が入っていた
「お茶の水から東京駅まで歩いてしまいました
男から電話があったこともご報告しておきます」
男たちの心臓はいつもはげしく打っていて
かれらはいつも汗をかいている
わたしはつめたいからだをしていて
おしりはたいらだし乳房もない
そしてたぶんそういうときでも
心臓はとても冷静である

かれらの息はいつも荒い
それをわたしは聴いている
かれらのにおいを嗅いでいる
かれらの体温はとても高いのを感じている
わたしの首すじはよくにおうのをわたしは知っている
あと、だれとだれが
この無感動な木ぎれみたいなからだを
鼓動させながら抱きしめたがっているか知っている
かれらはどうしてあんなに汗をかくんだろう
わたしはそこに立って
かれらの楽しがるようなことをしようと思う
わたしのことをいつか
あの女が「この、めす犬」と言った
わたしたちはとても親しい
めす犬というふしぎなコトバを使った女も
使われたわたしも
おたがいにむけて心臓を鼓動させない
わたしがあのように鼓動して彼女を抱きしめることはきっとない
「今日、わたしは」と

わたしは彼女のるす電に伝言を入れた
「また知らない男とめす犬的行為をしてしまいました
どうか、叱らないでください」
夜になれば彼女から電話が来るだろう
そしてわたしたちは笑いながら
そのめす犬的行為のことを話し
電話をしてきた男のことも笑いながら話し
阪神タイガースのことを爆笑しながら話し
死んだ猫のことを涙ぐみながら話し
話すことがなくなると唐突に電話を切って
眠る

伊藤比呂美はめす犬的行為が好きなのだろうし、男たちのこと、性交のことを始終考えているようだが、いちばんに考えているのは彼女自身である。彼女のナルシズムが彼女の詩作のモチーフなのではないか、と思われる。彼女が性交について記述するばあいに、性交以前に通常ありえるような睦言、前戯のたぐいがまったく欠如しているのも、彼女自身だけが大事だからであって、相手との間に愛情とか恋情とかいった感情の入りこむ余地がないからではないか、と私は感じることがある。

## 7

伊藤比呂美が二〇〇五年に刊行した詩集『河原荒草』は全篇が一四〇頁近い単行本の全部を占める長篇詩である。抄出してその一部から、この詩集の特徴を探るより外ない。
まず目次を示すことにより、全貌を展望していただく。

母に連れられて乗り物に乗る
母に連れられて荒れ地に住み着く
荒れ地に住む
棄てる
荒れ地を出て河原に帰る
河原に住む
河原で
河原で
記憶
わけ入る
河原で
道行き
歌声

歌声
九月×日
河原夏草（カワラナツクサ）
河原荒草（カワラアレクサ）
河原を出て荒れ地に帰る

この目次から、文明に背を向けて自然に立ち向かう生の実態を探った作品であることは想像されるであろう。読者は自然の苛酷さに立ち向かう人間の哀れさを実感するであろう。

ここに来たとき
私は十一歳、弟は八歳でありました

と「母に連れられて荒れ地に住み着く」にあり、この章の末尾に次の記述がある。

昔のことです
弟と私は、母に連れられて
乗り物に乗りました
乗り物に乗って降りました
車に乗りバスに乗り飛行機に乗りました

それからまたバスに乗り電車に乗り車に乗りました
乗り物に乗って
動いていきました
乗っても乗っても終わりじゃなかったのです

そして、「荒れ地に住む」の冒頭に次の記述がある。

サンタアナの風が吹いた
砂漠から吹くこの風は
強くて熱くて何もかもを乾しあげて
山を燃やし森を燃やし灰で空を曇らせる
で、それだれ？　そのサンタ、アナ
だれ？　どこの女？
どうしてそんなに獰猛で
そんなに何もかも燃やしてしまうの？
何かをにくんでいたの？
だれかの、母だったの？

やがて、「ある日、父が死んだ」とあり、

父の死骸はベッドの上にそのまま置いておかれた、みんなが普通に生活した、普通に、夜になると母は父の死骸といっしょに寝た

さらに、

母が戸を揺さぶると、戸がはずれて、私たちは地下に落ちた
そして死骸がそこにいた
つまり父
死骸の父
私は飛びのいた
弟が悲鳴をあげた、甲高くて長い声
死骸はひからび、髪が抜け残り、腹が膨らみ、眼窩がへこみ
眼窩の奥で目がきろきろ動いた
かれは死んでいない、と母はいった
それが泡かなにかでできてるように、つぶしたりしないように
母はやわらかく頬をよせ唇をよせ
死骸の父の唇に、ちろりと、舌をさし入れた
父の死骸が音をたててそれを吸った

途中を省略して、この情景の続きを示す。

だむいっと、だむいっと、
死骸の父がさけぶ、母がいそいそと父に寄り添う
どうしたの？　どうしたの？
だむいっと（妻には分別がなく子らはバカで向こう見ず）、
だむいっと（俺だけが正義である）、
どうしたの？　どうしたの？
だむいっと（俺は正義である）、
だむいっと（俺こそが正義である）、
どうしたの？　どうしたの？
母は膣からつるを何本も
何本も垂らしたまま
父に寄り添って父を撫でる

母は獰猛で
いつもだれかをにくんでいた
母は空腹で、いつも食べたいと思っていた
それは何でも

だれでもよかった
それが母だ

サンタアナの風が吹いた
私たちの顔も目も唇もひかひかに渇いて吊りあがった
母の髪の毛は白くなり
手にも顔にもこまかいしわが寄った

死骸になってなお、父は生きている。母の発意によって、死骸は棄てられてしまう。その後、彼らは河原に帰ることとなる。飛行機、バスなどを乗りついで河原の傍の家に帰り着く。

家は、荒れ家だった
屋根も壁もくずれていた
草がしげっていた
裏は河原だった
桜なんて咲いてなかった
咲いてるのはザクロで
皮膚にしみついてくる赤色で
雨の季節だった

しばらく、河原の風景が描かれる。

緑が
爆発する寸前みたいにふくれあがっている
荒れ地では出現しないものだった、そんなもの
雨が降らないかぎり、出現しても雨がやんだらたちまち干上がって
死に絶えてしまうものだった

途中を省略する。

河原には死骸がある
いくらでもある
どんな生き物も殺して死骸にし
どんな死骸をもよみがえらせる

さらに途中を省略して、この章の末尾を引用する。

いろんな死骸がそこら中に埋まっている、
と母が語った

猫に、犬に、ネズミに、魚に、カメに、ミミズに、草に、草の茎に、燃えも腐りもしないものに、死んだ猫もわざわざここに持ってきて埋めてやったこともある、
と母が語った
まだあんたたちが小さかったころ、うちの車の前に猫が飛び出した、猫ははじけ飛んでばたんばたんとケイレンした、動かなくなったそれを持ってかえって埋めてやった、しばらくして掘り返してみたら影も形もなくなっていた、草たちのせいだ、草たちが死骸を食うからだ、
と母が語った
生きているものも河原に来れば草に食われて死骸になる、雨が降って川の水があふれて水がひいたあとに魚がばたばたしてることがある、川に戻してやったこともある、見殺しにしたこともある、カメが道路でつぶれていることもある、道路じゅうが生臭くなってることもある、カエルもつぶれていることがある、ヘビもある、苦しがってのたうつのを見たことがある、
と母が語った

「わけ入る」の章の冒頭から、すこし引用する。

草たちの根元に、
死骸が埋まっている、
たくさんの死骸が埋まっている、
草の死骸も動物の死骸も、

私たちは死骸の埋まった河原でひみつの隠れ家をつくった、
（中略）
河原にはほんとにいろんな死骸があった、
猫のネズミの魚のカエルの鳥の虫の、
どろどろに腐ったなんか人の赤ん坊みたいの、
私たちは好きだった、それらを見たりつっついたりするのが、
死骸が好きなのかきらいなのかわからない、
私たちのだれもそれはわからない、
でも見たいのだ、
すごく見たいのだ、
あんなふうにぐちゃぐちゃになった生き物には、
力が及ばないなんの力も及ばない、

「河原で」の章は比較的短いので全文を引用する。

河原の男は夕方に出てくる、夕方の同じ時間に河原にいる、夕方に出てきて、あずまやの中にすわっている、他に人はいない、男は年取ってこぎたなくてみすぼらしい、死骸のようにあおじろい、オオアレチノギクのように背が高い、夕方そこに来て同じことをする、ペニスを出してそれをさわる、さわりながら、小刻みに揺れる、ペニスが立ち上がる、どこかで嗅いだこと

のあるような、においがする、手の中のペニスがぴかぴかひかって白いものがそらを飛んで、
においが消える、河原の男は、同じ時間帯に同じあずまやでペニスをにぎり、同じやりかたで
小刻みに揺れる、においがする、においが消える、夕方になると、私たちはそれを見に行く、
遠くから、みつからないように見て、帰る、

次の「河原夏草（カワラナツクサ）」の章の冒頭を読む。

夏草が生えた、つるがからんだ、
目張りした車が夏の間じゅうそこにとまっていた、
夏草が生え、つるがからみ、
車が放置されてるのはよくあることだから、
夏草が生え、つるがからみ、
だれも何にもしないうちに、
夏草が生え、つるがからみ、
車がどんどん膨れ上がってきて、
ある日、大きく音をたてて、目張りが飛んで、ドアが開いた、
中には発酵した人体が四体、
遺書も持ち物も運転免許証も発酵していた、
警察の人が毒ガス用のマスクをつけて、

死骸を運びだしていくのを私たちは見ていた、
夏草が生えた、つるがからんだ、
夏の間じゅう天気がわるかった、きゅうに暑くなった、
夏草が生えた、つるがからんだ、
人が来て、土手が刈られた、
セイバンモロコシは刈られながらざわざわしてざわざわして、
なんで助けないか、土手でさんざん遊んだ仲だろうと泣いた、
でもみんなころされた、
みんな、みんな、ころされた、
土手は、草の血のにおいでむっとした、
その中を私たちは歩いた、
弟の手が草の血でよごれた、
妹の手も草の血でよごれた、
死骸はあつめられて山になった、
一週間すると、新しいセイバンモロコシがもう膝丈くらいに伸びた、
二週間すると、人の背丈くらいに伸びた、
死骸の山は乾きあがって変色した、

「河原荒草（カワラアレクサ）」の章の終わりは次のとおりである。

アレチハナガサ
タチスズメノヒエ

これでわからなかった名前が二つわかった、
五十年くらい前に日本の河原にやってきた、
それからずっと、
河原で風に揺れながら、
群れたり穂を出したりしてきた、
穂を出して風に揺れたり花を咲かせたり、
風に散ったり
枯れてたおれたりしてきた、
ずっと河原で、
見慣れない、
見慣れない、
と思いながら、
暮らしてきた、

ここで、最終章「河原を出て荒れ地に帰る」に入る。その冒頭は次のとおりである。

夏草は枯れました
空気はすっかり澄みました
燃えた河原にはいちめんに新しいオギが生え出ました
均一に豊かに
オギはいちめんに生え出ました
燃えたから燃えたからと河原の草々がささやくのを聞きました

また家族はいくつかの乗り物を乗り継いで荒れ地に着く。荒れ地は様相を変えている。出会った人に教えられる。

山火事でみんな燃えた、
燃えつくした、
でもよく見てごらんなさい、かれらはまだ生きている、
死んだのもあるが死んで生き返ったのもある、
春である、
そして今年は、
百年ぶりの雨が降りつづいた、
死んだものも死んでいないものも、
何もかもがよみがえっていっぺんにやって来た、

（中略）

植物にかぎっては
死ぬというより
生きるほうが
よりふつうで
より後にやって来て
終わりがない
死なない
死ぬから生きる
よみがえる
どんな末端からでもまた伸びる
いくらでも子を生める

彼らは見慣れた家に入っていく。

だれがいるの、そこには、
と声がして、あの死んでちょん切って捨てたはずの父が、そこに巨大に立っていました、背丈も横幅も物凄く大きくなったようですが、顔は赤みがかり、しわだらけで、すっかり白髪になっていました、

この再会の後、次の詩句でこの詩は終わる。

空気は湿り
草におおわれ
草がひろがり
木の根元にはコケが生え
岩にも土の斜面にもコケが生え
みくろの茎の先がそうぞうしく受精をする
おおきな植物たちは立ち上がり
風の中でうねってはじける
ただ生きて殖える
生きて殖える
殖えて死んで生きかえって殖える
私は荒れ地のまんなかに手足を放射状にひろげてうずくまった
そうして茎を伸ばした
茎の先端につぼみがうまれ
ふくらみ
ふくらみ
ひらいて

あらゆるものを吸い込んだ
茎は伸びつづけ
つぼみはつぎつぎにうまれ
ふくらみ
ひらいてしぼんだ
しぼんで赤くなった
ひらく花としぼんだ花がらをつけて私は茎を伸ばし
思いっきり伸ばし
風に揺られて
上をみあげた
まっさおな空ではなかった
雲だらけの空、雲が走る空
雲の一部がぴかぴか光った

この末尾から見れば、荒れ地はやはり荒れ地に戻るのではないか。この長篇詩が作者の渾身の労作であることに疑問はないが、はたして詩として評価できるか。奇矯で、醜悪で、グロテスクな作品であり、それ以上のものではないと私は考える。作者はこのグロテスクな空想の世界に遊び、愉しんでいる。そもそも荒れ地にすむことも河原に住むこともいかなる必然性もない。文明に背を向けて生きるなら、それなりの決意も必要なはずである。反面で、伊藤比呂美の多くの作品について言ってきたことと同じく、このグロテスクさそのものは現代詩の新しい領域を開いたものと言えるであろう。

## 8

私は最後に伊藤比呂美が二〇〇七年に刊行した『コヨーテ・ソング』を採りあげることにする。しかし、私は『シートン動物記』を読んでいないし、コヨーテが何かも知らない。そのため、この作品の全体を享受できない。理解できるのは巻末の詩だけである。

或る夜コヨーテが訪ねてきて
無くした足をわたしに見せた
どうしても食いちぎらねばならなかったのだ
どうしても出ていきたかったのだどうしても、と
行きなよ、とわたしはいってやった
コヨーテにはいろんなことをされたけど
わたしもいろんなことをしてやった
かみ殺されなかったのが不思議なくらいだ
殺人についての本を読んでいた
人はなぜ人を殺すのか、著者が考えていた
読みながらわたしも考えた

殺すという行為と
セックスをしすぎて相手を大切だと思う行為は
同じじゃないか
そうだ、そのとーりだと、本のなかで著者もいった
コヨーテにはわたしに力を及ぼす力がある
それを確信するためにセックスをする、コヨーテと
平原にタンブルウィードがころがっていく
知ってるか、タンブルウィードは外来の植物
ウクライナから穀物の袋にまぎれてやってきた
花が咲いて種ができて乾いて根から離れる
風に吹かれてころがり出て行く
ニガヨモギの枯れた葎がある、セージがある
コヨーテが横切る
わたしが横切る

また、セックス、と私は思う。作者は性行為が好きなのか、性行為について書くことが好きなのか。私は後者のように感じる。彼女は性行為ついて書くことが多いけれども、相手に対する恋とか愛とか、恋しい思い、思いこがれるような心情や感情をうたった作品を読んだ憶えがないことも、このことによるのではないか、と感じている。また、ニガヨモギの話はこの詩では不必要と思われるが、このよ

うに私から見ると不必要な事柄を書きこむのも作者の詩風、特徴のように思われる。

# 後記

二〇二〇年一二月、私は『現代詩の鑑賞』と題する著書を刊行した。この著書は、私にとって悔い多く、恥ずべき著書であり、刊行の直前まで、刊行することを躊躇していた。にもかかわらず、刊行したのは、せっかく執筆した原稿を匣の底に秘めたまま、日の目を見る機会のないままにしておくことに、未練があったためであった。

伊藤信吉さんに『現代詩の鑑賞』と題する名著がある。私は伊藤さんの著書におよばぬまでも、いくらかでも同著に近い著書を刊行したいと願っていた。ところが、戦後詩、現代詩についてみると、伊藤さんが採りあげた戦前の詩人たちは二、三冊から四、五冊しか詩集を刊行しなかったのに、戦後詩、現代詩の作者は二〇冊を超える冊数の詩集を刊行している人々が少なくないし、加えて、長篇詩がきわめて多く書かれている。それ故、これらの詩人たちの詩集の全部を読み、これらのうちから適切と考える二、三の作品を選んで鑑賞することは到底できないことを知った。

そこで、採りあげる詩人たちの初期の詩集から選んだ作品だけを鑑賞することとし、成熟期の作品を参考として加えることにした。また、伊藤さんの著書は『現代詩の鑑賞』と題しながらも、じつは「鑑賞」にとどまらず、それぞれの詩人の全貌、本質を明らかにした、すぐれた詩人論となっている。これに反し、私の執筆した著述は採りあげた詩人たちの全貌を描いたものでもなく、本質を明らかにするものでもなかった。私としては、そういう意味で悔い多き著述であった。

それでも刊行したものの、次は本格的な詩人論を著したいと考えていた。そこで、採りあげる詩人たちについて、初期の詩集だけでなく、成熟期から晩年の詩集まで、入手できる範囲のすべての詩集を検討し、それらの詩集に収められた作品をたんに鑑賞するだけでなく、論評することとして、新たな著書に着手した。このばあい、依然として、長篇詩は対象から省かざるを得なかった。

はじめに女性詩人論を書き、次いで男性詩人論を書くこととした。前著『現代詩の鑑賞』では採りあげた女性詩人は八人であったが、このさい二人の詩人を加えることとし、吉原幸子、伊藤比呂美のお二人の作品を鑑賞、論評の対象として追加することとした。吉原幸子については『現代詩の鑑賞』を執筆したときから、加えるべきではないかと迷っていたので、このさい、対象として採りあげることにした。伊藤比呂美は現在非常に注目されている詩人であるので、対象として採りあげるべきであるという意見をお持ちの方々が私の周辺に多い。そこで、それらの方々の意見にしたがったのである。

執筆にさいし、初期作品については、前著『現代詩の鑑賞』中の記述をかなり流用したが、ともかく全詩集を対象としたので、きわめて大部のものとなった。それぞれの詩人について、全詩集を採りあげるよりも、本質が明らかになっている詩集だけを採りあげればよかったのではないか、という思いがあるが、ともかく全詩集を検討しなければ、どこに本質を見出すべきかも判然としない。このため、このような大部の著書となってしまったことに忸怩たる思いがつよい。

引き続き、男性詩人についての著述を刊行するつもりで、執筆中であり、ほとんど終わりに近づいている。おそらく、上下二巻にならざるを得ないであろう。版元が刊行を引き受けてくれれば、来年前半に刊行したい、と考えている。

最後に、この浩瀚な著書の出版を引き受けてくださった青土社の清水一人社長、刊行の実務を担当してくださった編集部の足立朋也さんにお礼を申し上げる。

二〇二一年一〇月二九日

中村　稔

現代女性詩人論



2021年12月11日　第1刷印刷
2021年12月22日　第1刷発行

著者——中村 稔

発行人——清水一人
発行所——青土社
東京都千代田区神田神保町1-29 市瀬ビル　〒101-0051
電話　03-3291-9831（編集）、03-3294-7829（営業）
振替　00190-7-192955

印刷・製本——双文社印刷

装幀——水戸部 功

ISBN978-4-7917-7437-1　Printed in Japan